D1282176

A Marie-Julie,

Bong! Bong!
Bing! Bing!

Amitié.

Victor [illegible] 18/11/90

P.S. : C'est quoi,
un BONG-BONG ?

Bong! Bong!
Bing! Bing!

Texte
VINCENT LAUZON

Illustrations
PHILIPPE GERMAIN

ÉDITIONS HÉRITAGE
MONTRÉAL

Données de catalogage avant publication (Canada)

Lauzon, Vincent

Bing Bong, Bing Bong

(Pour lire avec toi).
Pour enfants.

ISBN 2-7625-4495-5

I. Titre. II. Collection.

PS8573.A99B56 1990 JC843'.54 C90-096301-8
PS9573.A99B56 1990
PZ23.L38Bi 1990

Conception graphique de la couverture : Dufour et Fille
Illustrations couverture et intérieures : Philippe Germain

Dépôts légaux : 3e trimestre 1990
Bibliothèque nationale du Québec
Bibliothèque nationale du Canada

ISBN : 2-7625-4495-5 (édition cartonnée)
ISBN : 2-7625-7012-3 (édition souple)

Imprimé au Canada

Photocomposition : Deval Studiolitho Inc.

LES ÉDITIONS HÉRITAGE INC.
300, Arran, Saint-Lambert, Québec J4R 1K5
(514) 875-0327

Distribué en Europe par Gamma Jeunesse,
Tournai, Belgique

L'auteur remercie Philippe-André Brière
pour l'ultra-téléscope.

Il était une fois une maison de brique rouge, située à la campagne, sur une colline entourée d'arbres, à une vingtaine de kilomètres d'une grande ville. Elle avait de hautes fenêtres encadrées de rideaux de dentelle, des pignons blancs le long du toit et deux cheminées. À un bout de la bâtisse, le côté droit si on se plaçait devant la façade, s'élevait une drôle de tour sans aucune ouverture, terminée par une coupole de cuivre poli.

Cette maison était habitée par quatre personnes, six poissons rouges et un lézard. Laissez-moi vous les présenter. Les six poissons rouges s'appelaient Un, Deux, Trois, Quatre, Cinq et Cinq Bis (on l'avait ainsi nommé parce qu'il ressemblait comme un frère à Cinq, ce qu'il était, d'ailleurs). Je suis désolé d'avoir à décevoir les amateurs de poissons rouges, mais nos amis aquatiques ne referont plus surface dans ce livre. Ils ne font que tourner en rond dans leur bocal, sans rien apporter d'intéressant à l'histoire et par conséquent, je n'en parlerai plus.

Le lézard, qui s'appelait Aristote, est par contre un des personnages principaux, car il accompagne le héros dans son voyage assez particulier. Aristote était un peu paresseux, comme beaucoup de lézards, et ce qu'il préférait par-dessus tout, c'était de faire une bonne sieste sous une lampe, dans le vivarium où il se tenait généralement. Lorsqu'il était éveillé, il aimait aussi jouer avec le héros. Il grimpait sur ses épaules et lui chatouillait le menton avec sa longue queue écailleuse.

Les quatre personnes qui habitaient la maison à la tour étaient toutes de la même famille. D'abord, il y avait Diane et Hubert Cerisier, les parents du héros. Tous deux travaillaient en ville : madame Cerisier était journaliste pour un grand quotidien et monsieur Cerisier enseignait la philosophie à des collégiens qui agissaient la plupart du temps comme s'ils étaient encore à la maternelle. Les époux Cerisier s'aimaient beaucoup et ne se disputaient presque jamais. Quand ça leur arrivait, c'était invariablement à propos de la même chose : le grand-père qui vivait avec eux exerçait-il une mauvaise influence sur leur fils, oui ou non ?

Le fils de madame et monsieur Cerisier s'appelait Xavier. Xavier est le héros de cette aventure (enfin ! direz-vous). Il avait les cheveux blonds, aimait la musique rock et les jeux vidéos, allait à l'école, s'amusait avec Aristote et ne savait absolument pas qu'il deviendrait un personnage très très important, dans un autre monde, très loin de chez lui. Mais je ne dois pas en dire plus car je gâcherais la surprise.

La quatrième personne qui demeurait dans la maison à la tour se nommait Samuel Berthiaume. Monsieur Berthiaume était le père de la mère du héros, ce qui en faisait aussi, si vous m'avez bien suivi, le grand-père de Xavier. Samuel était un vieil homme. Ses cheveux, sa moustache, ses yeux et ses lunettes étaient gris comme le brouillard d'automne, et son visage était bien ridé, mais il riait tout le temps, même quand il n'y avait rien de drôle. Il riait doucement, comme s'il se souvenait d'une bonne blague, mais quand on lui demandait la raison de son hilarité, il répondait :

— Oh, rien, rien ... je voyageais, c'est tout ...

Et il se remettait à rire. Personne dans la maison ne comprenait ce qu'il voulait dire. La plupart des gens du voisinage pensaient qu'il était gentil, mais aussi un peu fou. Peut-être avaient-ils raison. Il se comportait souvent de façon bizarre, c'est le moins qu'on puisse dire. Un homme qui met des olives dans ses céréales et garde ses notes dans une baignoire ne peut pas être tout à fait normal.

Samuel était un astronome à la retraite. Un astronome, c'est un savant qui étudie tout ce qui se promène dans l'espace : les étoiles, les planètes, les astéroïdes et plein d'autres choses intéressantes. Un astronome peut passer des heures et des heures à regarder dans un télescope, en espérant découvrir une nouvelle étoile ou une comète. C'était Samuel qui avait fait construire la tour sur le côté de la maison. La coupole de cuivre poli cachait un petit laboratoire et un grand télescope. Un tableau de commande faisait tourner la coupole et coulisser une partie du mur pour laisser passer l'instrument. Samuel pouvait ainsi observer n'importe quel point du ciel, sans avoir à quitter la maison. Puisqu'on ne peut bien voir les corps célestes que dans l'obscurité, il vivait à l'envers. Il dormait le jour et travaillait la nuit. Tous les soirs, il soupait avec le reste de la

famille Cerisier, puis il enfilait son vieux sarrau de laboratoire, souhaitait une bonne nuit à tout le monde et se dirigeait vers la grande porte de chêne qui menait à la tour. Il sortait une clé de fer, ouvrait la porte, entrait et la verrouillait derrière lui. On pouvait entendre ses pas qui grimpaient lentement le long escalier en spirale, puis plus rien. Quand les Cerisier se réveillaient, le matin, le grand-père n'était toujours pas redescendu. Il restait enfermé dans son observatoire jusqu'à l'heure du déjeuner. Il avait même tendance à perdre un peu la notion du temps et à ne pas redescendre du tout. Une fois, il était resté là-haut pendant trois jours. Monsieur et madame Cerisier avaient eu beau frapper à la porte en hurlant « Samuel ! Samuel ! Ohé ! », le vieux savant n'avait pas donné signe de vie. Mais la famille savait qu'il ne fallait pas trop s'inquiéter de ses lubies de scientifique : après trois jours, il était arrivé dans la cuisine, les cheveux en désordre et la chemise toute sale, puis il avait dit en souriant bizarrement :

— Oh la la, les enfants... cette fois, j'ai *vraiment* voyagé...

Xavier adorait son grand-père. Il le trouvait mystérieux et il raffolait des mystères. Un jour, à l'école, Xavier s'était même battu avec un camarade qui avait traité son grand-papa de vieux cinglé. Grand-papa Samuel n'était pas cinglé, non monsieur ! ... mais il faut admettre qu'il était peut-être un peu *trop* mystérieux. Samuel ne parlait jamais de ce qu'il faisait toute la nuit, seul avec son télescope. Quand on lui posait des questions, il riait. Il ne laissait personne entrer dans la tour.

— Ce n'est pas juste, disait Xavier à son lézard Aristote. Quel est l'intérêt d'avoir un vrai observatoire dans la maison si je ne peux même pas y entrer? Je me demande bien comment je pourrais m'y prendre pour déjouer sa vigilance et me faufiler jusqu'en haut ... Tu as une idée, toi, Aristote?

Mais le lézard ne répondait jamais. Oh, un des vœux les plus chers de Xavier était de grimper jusqu'à l'observatoire, mais la porte était toujours solidement verrouillée. Le garçon en rêvait. Il s'imaginait toutes les merveilles qui devaient dormir là-haut sous la coupole, tous les secrets extraordinaires que son grand-père possédait mais refusait de partager ...

Xavier se réveilla brusquement et se redressa dans son lit.

« J'ai soif, pensa-t-il. »

Il regarda sa petite horloge électronique. Les chiffres lumineux indiquaient vingt-trois heures trente-deux. Il se leva silencieusement, reboutonna son pyjama, enfila ses pantoufles et sortit de sa chambre. Il se rendit ensuite à la salle de bain pour prendre un verre d'eau.

« Je me demande si Aristote est couché, se dit-il en s'arrêtant à la porte du salon. Je vais allez lui souhaiter une bonne nuit. »

Sur la pointe des pieds, Xavier entra dans la pièce où l'attendait son lézard, à moitié endormi, tout étalé sur une roche plate. Le jeune garçon retira le grillage qui couvrait le vivarium et donna un léger coup du bout du doigt sur le crâne d'Aristote. Celui-ci sursauta, plus ou moins content d'être réveillé de cette façon, mais il se calma bien vite quand il s'aperçut d'où venait cette chiquenaude. En secouant la tête, l'air de dire « On ne me laisse jamais tranquille dans cette maison ! », Aristote grimpa sur le bras de Xavier jusqu'à son épaule et se recoucha paisiblement.

— Dis donc, Aristote, chuchota Xavier, ça te plairait de me tenir compagnie un moment? Je ne m'endors plus tellement.

Le reptile ne dit ni oui, ni non. En fait, il ne dit rien du tout.

— Parfait ! conclut Xavier. Allons dans ma chambre.

Dans la maison sur la colline, pour aller du salon à la chambre de Xavier, on doit passer devant la haute porte de chêne qui mène à la tour. Le petit garçon qui, on le sait, voulait plus que tout au monde voir ce que cachait cette porte mystérieuse, se faisait un devoir d'essayer de l'ouvrir chaque fois que l'occasion s'en présentait. Depuis qu'il était tout petit, il n'avait jamais manqué à son habitude. Évidemment, à chaque fois, il était déçu ; la porte était invariablement fermée à clé et refusait de bouger d'un millimètre.

Ce lundi-là, en passant tout près du grand panneau de bois sombre, il continua tout droit et faillit bien ne pas s'arrêter ; il avait échoué si souvent qu'il commençait à se décourager. Mais la force de l'habitude l'obligea à revenir sur ses pas et à tenter de nouveau sa chance. Il s'approcha de la grosse poignée de cuivre.

— Tu sais, Aristote, remarqua-t-il à son lézard, je me demande pourquoi je m'entête comme ça. Je sais parfaitement que cette stupide porte ne voudra rien savoir, comme toujours. Je me sens un peu ridicule.

Aristote demeura silencieux et se contenta de caresser lentement le cou de son ami avec le bout de sa queue. Xavier soupira longuement, posa la main sur la poignée, la tourna, ferma les yeux et poussa un bon coup.

La porte s'ouvrit.

Vous avez bien lu.

La porte s'ouvrit, *la porte s'ouvrit*, LA PORTE S'OUVRIT, tout simplement, comme si elle n'avait jamais été verrouillée auparavant, sans même craquer comme le font généralement les portes dans ces situations-là.

Pendant un moment, Xavier resta complètement figé. Les yeux grands comme des assiettes, la bouche ouverte et pendante, il était pour ainsi dire court-circuité. Il faut le comprendre : pendant des années, son rêve n'avait été que d'ouvrir cette porte, et comme il n'y avait jamais réussi, il n'avait pas vraiment réfléchi à ce qui aurait pu arriver ensuite. Et maintenant qu'il avait réussi et que la satanée porte n'était plus un obstacle, il ne savait plus du tout quoi faire.

S'il entrait, il allait sans nul doute rencontrer grand-papa Samuel – et Xavier n'était pas sûr que son grand-père apprécierait sa présence dans son observatoire. Hum ... quel dilemme ...

À tout hasard, le petit garçon repoussa complètement la porte, tout doucement, et passa la tête dans l'ouverture. Il ne pouvait voir qu'une partie de l'escalier en spirale. La tour était éclairée par des ampoules électriques placées à tous les deux mètres environ l'une de l'autre. Il écouta très très attentivement pendant quelques minutes. Rien. Grand-papa Samuel était drôlement silencieux, ou alors il était endormi.

Xavier était encore en train de se demander quelle serait l'étape suivante, quand Aristote résolut le problème à sa place. Le lézard sauta de son perchoir, atterrit sur la première marche de l'escalier et se mit à grimper à toute vitesse.

— Aristote ! cria Xavier.

Sans réfléchir, il se mit à courir derrière l'agaçant reptile. Grand-papa Samuel n'avait jamais beaucoup aimé Aristote, et Xavier ne tenait pas à lui fournir l'occasion de décharger sa colère sur son copain à sang froid.

Vite, vite, vite, il courait en espérant rattraper le lézard avant que celui-ci n'arrive à l'observatoire, mais lorsqu'il enjamba le dernier bout de spirale et qu'il se retrouva soudain dans le fameux laboratoire, Aristote l'attendait déjà, tranquillement étendu sur une table recouverte d'un fouillis de cartes célestes, de règles, de compas et de paperasses diverses.

— Je suis désolé, grand-papa, cria Xavier sans regarder autour de lui, il s'est sauvé avant que j'aie pu l'attraper, je m'en vais tout de suite, s'il te plaît, ne te fâche pas, je ne fais que passer, tu ne diras rien à maman, hein ... et ... et ... grand-papa ? Grand-papa, où es-tu ?

Xavier venait tout juste de s'en rendre compte : il parlait tout seul.

Grand-papa Samuel n'était pas dans le laboratoire.

Fort étonné, Xavier réinstalla Aristote sur son épaule puis il se gratta la tête, passablement déconcerté. Il regarda de tous les côtés, sous la table, derrière l'impressionnant télescope ... mais la pièce n'était pas grande, et il n'y avait pas vraiment beaucoup d'endroits où un grand-père eût pu se cacher. Il fallait se rendre à l'évidence : grand-papa Samuel était absent, il avait disparu, décampé, déménagé, il s'était envolé, évaporé, éclipsé, désintégré, bref, IL N'ÉTAIT PAS LÀ.

— Pourtant, il n'est pas redescendu - on l'aurait bien vu ! Est-ce que tu l'as vu passer, toi, Aristote ?

Le reptile, comme d'habitude, ne répondit pas.

— Mais c'est complètement idiot, ça ! s'exclama Xavier. Il doit forcément être quelque part, tout de même !

Il s'assit à la table de travail et réfléchit un instant. Aristote se traîna paresseusement le long de son bras jusqu'à la table, se lova au milieu des papiers et ferma les yeux, l'air parfaitement heureux. Il ne semblait pas troublé outre mesure par l'absence de Samuel.

— Bon, continua Xavier, je suppose que je ne devrais pas m'inquiéter. Grand-papa est assez grand pour s'occuper de ses affaires. Il est sûrement sorti sans que je ne le remarque, c'est tout. Et il a oublié de verrouiller la porte. Mais ... mais ça veut donc dire que je peux explorer ! Quelle chance ! Allez, Aristote, réveille-toi ! On a un observatoire à visiter !

Xavier souleva le lézard ... et son regard fut attiré par le bloc-notes sur lequel l'animal s'était couché. Le garçon prit le paquet de feuilles et l'examina.

— C'est l'écriture de grand-papa, dit-il à Aristote. Regarde, on dirait une espèce de journal ou d'agenda. Voyons ce qui est écrit pour aujourd'hui.

Et il lut.

Lundi, 6 mai. Aujourd'hui, sur la planète Bargalax, les Bing-bings vont attaquer les Bong-bongs à vingt heures, heure locale. L'ultra-télescope fonctionne à merveille.

— La planète Bargalax ? s'écria Xavier, très étonné. Je connais Mercure, Vénus, la Terre, Mars, Jupiter, Saturne, Uranus, Neptune et Pluton, mais je n'ai jamais entendu parler d'une planète Bargalax, moi ! Et puis, c'est quoi exactement, des Bing-bings et des Bong-bongs ? Et un ultra-télescope ? Tu sais, Aristote, je commence à croire qu'il est possible que grand-papa Samuel soit un peu dérangé ... un peu ...

Le jeune garçon haussa les épaules, déposa l'agenda sur la table et se mit à fureter un peu partout dans l'observatoire. Il trouva des cartes, des modèles réduits de planètes, des instruments bizarres dont seul grand-papa Samuel connaissait l'usage, et du papier, beaucoup, beaucoup de papier tout noir de gribouillis pour la plupart illisibles. Mais la chose la plus intéressante était sans contredit l'énorme télescope qui dominait la pièce de son imposante carcasse métallique. Une partie du mur de la coupole avait coulissé, pour laisser passer

un grand bout de l'instrument qui pointait vers le ciel comme un gigantesque doigt, l'air de dire « Regardez ! Regardez ! ». Une petite brise paisible soufflait dans le laboratoire, mais il ne faisait pas froid.

Xavier tremblait tout de même un peu, car il était très excité. Lentement, il s'approcha du télescope. C'était vraiment un très très gros télescope. Il reposait sur un échafaudage de tubes de métal vissés sur une plate-forme pivotante qui permettait d'orienter l'instrument dans n'importe quelle direction. Juste à côté, on trouvait un petit tableau de commande, avec des tas de boutons, de leviers et des lumières de toutes les couleurs. À tout hasard, juste pour rire, Xavier tira une des manettes vers lui, pas beaucoup, juste un peu.

Sans le moindre avertissement, toute la plate-forme se mit à gronder et à tourner vers la gauche ! Xavier cria de frayeur et lâcha la manette. La plate-forme s'arrêta.

— Ouh la la , chuchota Xavier, j'espère que je n'ai pas fait de gaffe ! Je ne toucherai plus à rien, je vais simplement regarder.

En faisant bien attention, il alla derrière le télescope, s'assit sur la chaise d'observation et appliqua un œil sur l'objectif, en gardant l'autre bien fermé. Et il ne put s'empêcher de pousser un « OOOOOOOH ! » de surprise et d'émerveillement.

Quelque chose bougeait, là-bas à l'autre bout ! C'était ... c'était une étrange créature qui sautillait loin loin devant lui, au plus profond de l'univers. Il avait l'impression de pouvoir la toucher – le télescope était d'une puissance absolument extraordinaire !

— Eh bien, fit-il, en voilà, un bonhomme bizarre !

Bizarre, c'est bien peu dire. En effet, ce bonhomme n'avait pas de jambes – son corps se terminait par une espèce de support évasé, un peu comme un pied de lampe – ses bras étaient longs et minces et sa tête ballottait au bout d'un cou qui ressemblait beaucoup à un ressort de matelas. Oh, son apparence était spéciale, mais le plus ahurissant, c'était sa façon de bouger. Il se déplaçait en sautant sur sa tête, comme ça, à l'envers, hop hop hop, et son cou s'écrasait et s'étirait à chaque saut. Ces galipettes lui donnaient un aspect quelque peu ridicule, mais il ne semblait pas méchant.

— Ça alors, s'exclama Xavier en riant, un extraterrestre ! C'est incroyable ! Il doit avoir de fameux maux de tête, ce comique-là, à force de sauter dessus ! Comme il a l'air sympathique - comme il a l'air tout proche ! Quel télescope, Aristote, tu veux voir, dis ? Aristote ? Aristote ? Mais où est-il encore passé, ce fichu lézard ?

Une recherche rapide permit de retrouver le fichu lézard de l'autre côté du télescope. Il était étendu au pied d'un petit escalier de trois marches qui menait ... qui menait ... à une *porte* ! Dans le télescope !

— Une porte dans un télescope ! cria Xavier, abasourdi. Mais c'est fou !

Fou, peut-être, mais aussi drôlement inattendu. Après une seconde d'hésitation, Xavier ramassa Aristote, grimpa les trois marches, ouvrit la porte et entra dans le télescope.

Il faut se rappeler que c'était un énorme télescope. À l'intérieur, Xavier pouvait se tenir debout sans se cogner la tête. Il caressa Aristote, pour se donner du courage, et se mit à marcher. En peu de temps, il arriva au bout du cylindre - sa route était obstruée par une énorme lentille. De l'autre côté de ce mur de verre, il pouvait toujours apercevoir le stupéfiant homoncule au cou en ressort. Il paraissait avoir environ le même âge que Xavier et semblait fort solitaire.

Xavier examina attentivement la lentille. Et il découvrit une poignée encastrée dans la paroi du cylindre.

— Ça y est, Aristote, murmura-t-il. On est arrivés. Tiens-toi bien.

Résolument, il tourna la poignée. Il y eut un déclic et la lentille pivota comme une porte.

Xavier ferma les yeux, prit une grande inspiration et sauta.

Xavier atterrit sur une autre planète.

Après avoir déposé Aristote par terre, il se releva et regarda autour de lui. Il était au milieu d'un grand désert blanc. Très loin devant lui, se dressait une chaîne de montagnes grisâtres et toutes pointues.

« Eh bien, pensa-t-il, je comprends maintenant ce que grand-papa veut dire par *ultra-télescope…* »

À quelques mètres à sa gauche, se tenait le jeune extra-terrestre qu'il avait vu dans le télescope, juste avant de sauter. Sa tête allait et venait sur son cou en ressort, avec un drôle de bruit d'élastique qu'on étire. Il semblait très étonné de voir Xavier et Aristote. Il avait même l'air d'avoir un peu peur d'eux. Il avait les cheveux noirs, assez longs, et ses yeux effrayés étaient

d'un agréable bleu ciel. Xavier fit un ou deux pas hésitants dans sa direction. La créature eut un murmure de terreur, prit un grand élan et sauta sur sa tête pour s'éloigner rapidement. Il se remit ensuite à l'endroit et observa fixement Xavier et son lézard, en tremblotant.

— Ça alors, mais d'où sortez-vous? finit-il par demander d'une petite voix aiguë. Vous êtes apparus de nulle part, comme des fantômes … vous n'êtes pas des fantômes, hein?

— Oh non! rétorqua Xavier. Nous sommes bien vivants!

— D'où venez-vous? Lequel de vous deux est l'animal, et lequel est le maître?

Xavier fronça les sourcils, ne sachant trop que répondre.

— Quelle question bizarre! s'écria-t-il. Aristote m'appartient, je suppose, mais je ne me considère pas comme son maître!

— Aristote? répéta lentement l'extra-terrestre.

— Oui, Aristote. C'est lui, répondit Xavier en pointant le lézard du doigt. C'est un animal, un lézard. Moi, je suis un humain et je m'appelle Xavier. Nous venons de la planète Terre. C'est … euh, quelque part par là, ajouta-t-il en montrant le ciel.

— Par là où? fit l'extra-terrestre en levant les yeux.

— Par là … par là, essaya d'expliquer Xavier, par là quelque part, très loin. Tu vois, nous sommes entrés dans l'ultra-télescope de mon grand-père, sans penser que nous allions nous retrouver ici, et …

— Télescope ? répéta l'extra-terrestre.

Xavier soupira. La conversation allait être plus compliquée qu'il ne l'avait pensé.

— C'est assez difficile à expliquer ... pour être franc, je ne comprends pas moi-même ce qui m'est arrivé, reprit-il doucement. Mais ça n'a pas d'importance. Toi, c'est comment ?

Le jeune extra-terrestre s'approcha un peu, en deux ou trois sauts qui faisaient BONG. Il n'avait plus très peur de Xavier, mais il fit un détour pour éviter Aristote, comme s'il craignait encore le petit reptile. Pourtant, celui-ci n'était pas très dangereux : aussitôt déposé sur le sol, il s'était endormi dans le sable.

— Je m'appelle Doh, dit la créature. Dis donc, ton Aristote, là, il ne parle pas beaucoup, hein ?

Xavier éclata de rire.

— Mais évidemment qu'il ne parle pas ! C'est un reptile ! Il n'y a que les humains qui peuvent parler – et les perroquets, mais les perroquets, ils ne parlent pas vraiment, ils ne font que répéter, ça ne compte pas. Ils parlent, les reptiles, sur ta planète ? À propos, sur quelle planète suis-je tombé ?

— La planète Bargalax, déclara Doh.

— Bargalax ... Bargalax ... répéta pensivement

Xavier, Bargalax ... c'est bizarre, je suis sûr d'avoir déjà entendu ce nom quelque part ...

— De toute façon, continua Doh, on n'a pas de lézards sur Bargalax, mais tout le monde parle ici. Evidemment, les seuls qui parlent sans avoir à passer par l'Augmenteur Psycho-Cérébral, c'est nous, les Bong-bongs ...

— C'est comme ça que ta race s'appelle, fit le petit Terrien, les Bong-bongs ? C'est un drôle de nom ! Les Bong-bongs de la pla ...

Il s'interrompit tout à coup. Il venait de se souvenir de quelque chose.

— Mais oui ! s'écria-t-il. Les Bong-bongs de la planète Bargalax, c'est ça qui était écrit dans l'agenda de grand-papa Samuel ! Il me semblait bien que j'avais déjà vu ça quelque part, la planète Bargalax ... mais dis donc, Doh, qu'est-ce qui t'arrive ? Tu as l'air bizarre, tout d'un coup.

En effet, le petit Bong-bong venait de pâlir comme s'il se sentait soudain malade. Il répondit en bafouillant un peu :

— Est-ce que ... est-ce que j'ai bien entendu ? Tu es le petit-fils de Samuel le Cruel, le plus fourbe ennemi des Bong-bongs ?

Xavier fronça les sourcils. Grand-papa Samuel était

un peu excentrique, peut-être, mais il n'était pas fourbe et cruel. Doh devait sûrement parler de quelqu'un d'autre.

— Ton grand-père, il a bien l'air très vieux, continua Doh, avec des lunettes, une moustache et des cheveux gris ? Et il a deux bras et les étranges choses qui vous servent à marcher, des … euh … des …

— Des jambes ?

— C'est ça, des jambes. Et il est très très très savant et il connaît les étoiles et tout ça ?

Xavier se gratta la tête et réfléchit un moment. Il devait bien avouer que cette description s'appliquait parfaitement à grand-papa Samuel, mais tout de même … fourbe et cruel, ça n'avait pas de sens ! Ce qu'il déclara à Doh, d'un ton qui n'admettait pas de réplique.

Mais Doh répliqua quand même.

— Ah bon ? Ah bon ? Il n'est pas fourbe et cruel, ton grand-père ? Alors qu'il est en ce moment même en train d'inventer de terribles machines de guerre pour aider les Bing-bings à vaincre les Bong-bongs ? Ce n'est pas fourbe, ça, peut-être ?

Xavier avait de plus en plus envie de donner un coup de poing sur le nez de Doh, mais il se retint. Il ne se fâchait pas souvent, mais quand ça lui arrivait, il aimait bien savoir pourquoi. Et comme il ne comprenait plus rien à ce que le Bong-bong lui racontait, il fit de son mieux pour se calmer. Comme son papa se plaisait à le répéter : « Donner des coups de poings sur le nez des gens, ça soulage, mais on finit toujours par le regretter. Surtout quand les gens donnent des coups de poings en retour – on ne sait jamais où ça peut finir, ça fait mal, c'est tout à fait désagréable et on doit l'éviter aussi longtemps que possible. »

Xavier prit donc une grande respiration et dit :

— Écoute, Doh, je ne te suis plus. Explique-moi tout depuis le début : qui sont les Bong-bongs, qui sont les Bing-bings, pourquoi les uns veulent vaincre les autres, ce qu'est l'Augmenteur Psycho-Cérébral et surtout, SURTOUT, ce que mon grand-papa Samuel vient faire dans toutes vos histoires. Je déciderai ensuite si ça vaut la peine de me mettre en colère pour de bon.

Et il s'assit par terre à côté d'Aristote qui venait tout juste de se réveiller. Le lézard grimpa paresseusement sur le genou de son ami et tous deux attendirent que l'extra-terrestre débute son récit. Doh se gratta la tête, l'air perplexe.

— Je ne sais pas trop par où commencer, fit-il. Enfin, voilà. Tu vois, sur la planète Bargalax, il existe deux peuples très différents l'un de l'autre : les Bong-bongs et les Bing-bings. Nous nous déplaçons tous de la même manière, en sautant sur notre tête. Moi, je suis un Bong-bong. Écoute bien, tu vas comprendre.

Doh prit son élan et rebondit deux ou trois fois sur sa tête. Lorsqu'il percutait le sol, on pouvait effectivement entendre un BONG retentissant.

— Je vois, remarqua Xavier, ou plutôt, j'entends. Et je suppose que les Bing-bings sont appelés Bing-bings parce qu'ils font bing au lieu de bong quand ils sautent ?

— Exactement. Et les deux peuples sont en guerre depuis des tas et des tas d'années - avant même que je naisse.

— En guerre ? s'exclama Xavier. Mais pourquoi ?

La question parut dérouter un peu Doh. Il y pensa pendant une minute ou deux, en grimaçant de concentration, mais tout ce qu'il trouva à répondre, c'est :

— Eh bien, c'est parce que les Bing-bings sont nos ennemis, voilà.

— Je veux bien, reprit Xavier, mais *pourquoi* ?

— Parce qu'ils font bing et que nous, nous faisons bong, c'est évident.

Xavier secoua la tête, incrédule.

— Et après ? fit-il. Je ne comprend pas.

Encore une fois, Doh dut ruminer longtemps, en

silence.

— Ils sont nos ennemis parce qu'ils ne sont pas comme nous, j'imagine, déclara-t-il enfin d'une voix songeuse. Tu sais, notre chef, le Roi Fih, les autres adultes et même mes parents disent toujours que faire bing au lieu de bong, ce n'est pas normal. Ils disent que les Bing-bings sont très méchants et qu'il faut se débarrasser d'eux avant qu'ils se débarrassent de nous.

Xavier ne pouvait s'empêcher de trouver que c'était là une raison particulièrement farfelue de faire la guerre. Même Aristote secouait la tête en signe de désapprobation.

— Et tu es d'accord avec ça, toi? demanda le petit garçon.

— Je ne sais pas vraiment, répondit Doh en soupirant. J'ai toujours pensé que c'était un petit peu idiot, mais les adultes prennent ça tellement au sérieux. Moi, que les gens fassent bong ou bing, ça ne me dérange pas trop, mais peut-être que la guerre est nécessaire, si les Bing-bings sont aussi épouvantables que tout le monde le dit.

— Ça, je le croirai quand je le verrai, rétorqua Xavier. Enfin, si vous voulez vous taper dessus pour des sottises, c'est votre affaire. Mais tout cela ne me dit pas ce que vient faire grand-papa Samuel dans vos salades.

La mention du nom *Samuel* fit à nouveau trembler le pauvre Doh. Sa tête s'agitait follement au bout de son ressort, comme si elle voulait partir toute seule.

— Oh ! ce Samuel le Cruel, cria-t-il, comme il est ... euh ... cruel ! Évidemment, on ne l'a jamais vu, mais nos espions nous ont confirmé qu'un drôle de visiteur d'un autre monde a fait alliance avec les Bing-bings et qu'il a promis de les aider à battre les Bong-bongs en construisant d'invincibles machines de guerre et des armes de toutes sortes. Ce visiteur, c'est ton grand-papa Samuel. Franchement, je n'arrive pas à comprendre comment un jeune Terrien qui a l'air aussi gentil que toi peut avoir un grand-père aussi terrible.

Xavier réfléchit pendant un long moment après avoir écouté tout cela. Il se souvenait de ce qu'il avait lu dans l'agenda de Samuel. *Sur la planète Bargalax, les Bing-bings vont attaquer les Bong-bongs, ce soir, à vingt heures, heure locale.*

Tout concordait ! Il comprenait très bien, maintenant. Doh avait raison à propos d'au moins une chose : grand-papa Samuel connaissait les plans des Bing-bings, donc il les avait déjà rencontrés. Mais il ne les aidait sûrement pas. Pas son propre grand-père ...

— Doh, je te conseille de retourner chez toi le plus vite possible, dit Xavier. Quelque chose d'affreux se trame ici.

— Mais de quoi parles-tu, Xavier ? demanda Doh.

— Les Bing-bings ... ils vont vous attaquer ce soir à vingt heures !

— Ciel ! s'exclama l'extra-terrestre en sortant une montre de sa poche. Et il est déjà seize heures ! Vite !

Nous devons alerter les Bong-bongs du danger qui les guette ! Mais comment sais-tu cela ?

— Je l'ai lu, murmura Xavier en se grattant la tête d'un air inconfortable, dans ... euh ... dans le journal de mon grand-papa Samuel.

— Ah ! Tu vois, ça prouve que ton grand-père est un traître ! accusa Doh.

— Ça ne prouve rien du tout ! protesta le jeune Terrien. Cesse de dire des méchancetés sur mon grand-papa, ou je vais me fâcher !

— Hum, fit le Bong-bong. Enfin, mettons-nous en route pendant qu'il en est encore temps !

Et il se mit à sauter sur sa tête en direction des montagnes, bong, bong, bong, BONG ! ! ! Xavier attrapa Aristote et se mit à courir pour le rejoindre.

— Dis donc, lui demanda-t-il sans ralentir sa course, tu ne m'as toujours pas expliqué ce qu'est l'Augmenteur Psycho-Cérébral !

— Oh, ça ! fit le Bargalaxien tout en sautant. C'est simple, c'est ce petit appareil, regarde.

Il sortit un mince tube doré de sa poche et le montra à Xavier.

— À quoi ça sert ? voulut savoir le Terrien en haletant un peu.

— À ça !

Doh pointa le tube vers Aristote et appuya sur un bouton argenté. Instantanément, le lézard fut entouré de flammèches de toutes les couleurs qui pétillaient joyeusement. Xavier poussa un hurlement de terreur et s'arrêta net.

— Mais qu'est-ce que tu lui as fait ? cria-t-il à Doh. Aristote, Aristote, tu vas bien, dis ? Aristote !

Le reptile secoua la tête, cligna des yeux, regarda le garçon et lui dit :

— Je vais parfaitement bien.

En entendant cela, Xavier fut tellement ahuri qu'il faillit s'évanouir. Doh s'approcha de lui.

— Je ne lui ai pas fait de mal, tu vois. L'Augmenteur sert à rendre les animaux capables de communiquer avec nous. C'est très utile et ça améliore beaucoup nos relations avec eux. J'étais justement à la recherche d'une sauterelle du désert quand tu es arrivé de nulle part. La nôtre est maintenant trop vieille pour tirer la charrue, alors mon père m'avait envoyé en trouver une autre. Je devais l'Augmenter et lui proposer de travailler pour nous, mais cela attendra. Nous avons autre chose à faire. Tu viens ?

— J'ai toujours su que ton imbécile de grand-père allait finir par faire des bêtises, déclara Aristote d'une voix rauque. Allons, allons, reprenons notre route, nous perdons du temps.

Xavier se remit à courir et Doh à sauter. Mais le pauvre garçon ne pouvait s'empêcher de se demander : « Est-il possible que mes compagnons aient raison ? » Grand-papa Samuel aidait-il vraiment les Bing-bings à battre les Bong-bongs ?

« Si c'est vrai, se dit-il tristement, il doit y avoir une explication raisonnable ... j'en suis certain ! »

Ils coururent (et sautèrent) ainsi pendant un bon bout de temps.

— Doh ! finit par crier Xavier à bout de souffle. Arrêtons-nous ou je vais m'écrouler ! Courir en pantoufles, ce n'est pas facile !

— Nous n'avons pas le temps ! répondit Aristote. Allons, un petit effort !

— Franchement, tu as du culot ! répliqua le garçon au lézard sur son épaule. Tu n'as même pas à courir ! Je pense que c'est à ton tour de me porter, hmm ? Et ces stupides montagnes qui semblent toujours aussi loin !

— Bon, d'accord, soupira Doh en se remettant à l'endroit. Quelques minutes de repos ne nous feront pas de mal.

Xavier s'arrêta et se laissa tomber sur le sable, avec un long « ouf ! » de gratitude. Aristote glissa jusqu'au sol et jeta un œil critique à son jeune ami.

— Fainéant ! lança-t-il, railleur. Dites, les copains, si j'ai bien compris, le plan, c'est de se rendre chez les Bong-bongs pour les avertir qu'ils vont se faire attaquer par les Bing-bings ce soir, et ainsi leur donner le temps de préparer leur défense ?

— C'est ça, dit Doh en s'étirant.

— C'est un bon plan, continua le reptile. Tu sais, Xavier, même si je n'ai jamais beaucoup aimé ton grand-père, j'ai malgré tout un peu de difficulté à comprendre pourquoi il a décidé d'aider les Bing-bings à faire la guerre. C'est un drôle de comportement pour un savant ...

Xavier s'assit brusquement. Il avait l'air triste et très fâché en même temps. Il fixa Aristote, puis Doh, dans les yeux, et il dit, fort sérieusement :

— Écoutez-moi bien, tous les deux. Jusqu'à preuve du contraire, je continue à croire que grand-papa Samuel est innocent. Et s'il travaille vraiment pour les Bing-bings, je suis sûr qu'il a une excellente raison pour faire ce qu'il fait. Peut-être que les Bing-bings le forcent à travailler pour eux – c'est très possible, tout le monde a l'air complètement fou, sur cette planète, les Bong-bongs autant que les Bing-bings. Alors arrêtez de traiter mon grand-papa de fourbe et de cruel, sinon je risque d'en assommer un ou deux. C'est clair ?

— D'accord, d'accord, ne te fâche pas, fit Doh doucement. Tu as peut-être raison, après tout.

— Ça m'étonnerait, bougonna Aristote tout bas, pour que Xavier ne l'entende pas.

Le jeune Bong-bong se gratta le nez, puis il s'écria :

— Bon ! Je crois que nous nous sommes assez reposés ! On repart ... mais ... mais qu'est-ce qui se passe ? AU SECOURS ! AU SECOURS !

Ce qui se passait, c'était qu'une incroyable pluie de petits objets ronds leur tombait dessus. Xavier cligna des yeux, tout surpris, et il se leva d'un bond. Ou plutôt, il *essaya* de se lever d'un bond, car il y avait déjà tellement de ces petits trucs par terre qu'il était difficile de bouger. Avec un effort énorme, il réussit pourtant à se remettre sur pied. Il enfonçait jusqu'aux cuisses dans la marée d'il-ne-savait-pas-trop-quoi. Doh criait toujours, mais ses appels à l'aide étaient enterrés par les glapissements de terreur d'Aristote :

— À L'AIDE!!! AU SECOURS!!! JE ME NOIE!!! JE SUIS TROP JEUNE POUR MOURIR, JE NE PARLE QUE DEPUIS UNE DEMI-HEURE!!! À L'AIDE!!!

Xavier était le seul qui n'avait pas complètement perdu les pédales. Il se pencha et ramassa une poignée des petites choses rondes, qu'il examina de très près.

— Ça alors ! s'écria-t-il. Mais ce sont des ... des grains de maïs !

— En effet ! déclara une voix féminine. Des grains de maïs ! Euh ... ha ha ha ha ha !

Et tout à coup, pan, pif, paf, pof, pop, pop, pop, POP ! ! ! les grains se mirent à éclater tous ensemble, dans un tintamarre infernal ! Il y en avait partout ! Xavier, Doh et Aristote en recevaient dans les yeux, dans les oreilles, dans le nez, dans la bouche !

POP-pop-pop-POP-POP-POP-pop-POP-pop-POP-POP ! ! !

— Beuark ! cria Aristote. Ce maïs soufflé n'est même pas beurré ! Je DÉTESTE le maïs soufflé quand il n'est pas beurré ! AU SECOURS ! ! !

POP-POP-POP-pop-POP-pop-pop-POP-pop-POP-POP-pop ! ! !

C'était l'hystérie, la panique, l'émeute, le chaos total ! Du maïs soufflé, du maïs soufflé, encore du maïs soufflé, assez de maïs soufflé pour approvisionner toutes les salles de cinéma de la Terre pendant des années !

Aussi soudainement que cela avait commencé, tout s'arrêta. Nos trois héros étaient littéralement ensevelis

dans une montagne de maïs soufflé. Seules leurs têtes dépassaient. Xavier essaya de remuer un peu. Rien à faire : il ne pouvait pas bouger, le maïs le pressait de toutes parts, il était prisonnier.

La voix qu'il avait entendue juste avant l'explosion culinaire s'empressa d'ailleurs de le confirmer.

— Vous êtes mes prisonniers! dit la voix. Je suis désolée, mais c'est comme ça!

De derrière une dune apparut une tête qui oscillait sur un cou en forme de ressort. La nouvelle venue s'approcha des héros pris au piège en quelques sauts.

Bing! Bing! Bing! Bing!

— Sapristi! Une Bing-bing! murmura Doh nerveusement. Nous sommes perdus!

La Bing-bing les regardait d'un air embarrassé. Elle avait l'air d'être plus vieille que Xavier et Doh, mais pas de beaucoup. Ses cheveux étaient roux, coupés court. Elle avait une arme qui ressemblait à un bazooka avec des nœuds dedans, mais elle la tenait loin de son corps, comme si elle en avait un peu honte. Elle ne semblait pas très à son aise.

— Eh bien, dit-elle lentement, un Bong-bong, un humain et une bestiole écailleuse ... belle prise, hein? C'est notre chef qui va être content.

— Comment sais-tu que je suis un humain? demanda Xavier.

— Samuel le Sage nous a appris à les reconnaître, répondit la Bing-bing. Dites, j'espère que vous ne m'en voulez pas trop, mais c'est la guerre, n'est-ce pas, et vous êtes mes prisonniers, alors je crois que vous êtes obligés de revenir avec moi à la ville des Bing-bings. Sans résister, ou alors je devrai peut-être vous malmener. Je n'y tiens pas du tout, vous avez l'air bien sympathiques, mais il ne faut jamais se fier à un Bong-bong, comme disent les adultes, chez moi. Enfin ... moi, je m'appelle Lah. Et vous?

— Je m'appelle Xavier. La bestiole, c'est Aristote, et le Bong-bong, c'est Doh.

Doh reprit courage et fit une épouvantable grimace à Lah.

— Eh bien, dit celle-ci, c'est donc vrai que les Bong-bongs sont affreusement mal élevés. Je me sens moins coupable de vous avoir pris au piège, maintenant.

— Nous ne sommes pas mal élevés ! s'exclama Doh avec colère. Mais comment réagirais-tu si quelqu'un t'enterrait sous le maïs soufflé, comme ça, avant même de te connaître?

Lah fronça les sourcils mais ne répondit pas tout de suite – visiblement, elle trouvait que Doh venait de dire quelque chose de tout à fait sensé. Elle fit un geste avec son bazooka tordu et annonça :

— Bon, alors, je vais maintenant vous libérer. Vous allez ensuite me suivre, mais si vous essayez de vous sauver, je vais vous inonder de maïs soufflé avec ma mitrailleuse à maïs. Voilà.

Elle appuya sur un gros bouton bleu encastré dans le canon de son arme et aussitôt tous les grains de maïs soufflé se relâchèrent assez pour permettre à Xavier, Doh et Aristote de sortir de la montagne de bouffe. Xavier retira quelques grains de ses poches, fit mine de les jeter par terre puis se ravisa et les mangea. Il aimait bien le maïs soufflé sans beurre (c'est meilleur pour la santé) et il avait un petit creux.

Lah se plaça derrière eux et ordonna :

— En avant !

— Est-ce qu'on doit garder les mains en l'air ? fit Xavier, d'un ton sarcastique. Dans les livres, c'est ce qu'il faut faire dans ces cas-là, n'est-ce pas ?

— J'espère bien que non ! bougonna Aristote. J'ai besoin de mes quatre pattes pour avancer, moi !

— Ce ne sera pas nécessaire, si vous êtes sages. En avant ! répéta Lah.

La petite procession se mit en branle. Dans le sable, Xavier et Aristote ne faisaient presque pas de bruit, mais les deux Bargalaxiens provoquaient des BONGS et des BINGS et des BING-BONG-BONG-BING qui devaient s'entendre à des kilomètres à la ronde.

« S'ils font toujours autant de boucan, pensa Xavier, je me demande bien comment ils font pour s'attaquer par surprise ... »

— Lah, où nous amènes-tu ? s'enquit Xavier après un quart d'heure de marche forcée.

— Au Quartier Général des Bing-bings, répondit Lah.

— Et qu'est-ce qui va nous arriver, au Quartier Général des Bing-bings ? demanda Aristote.

Lah sauta un instant sans rien dire, bing bing bing, puis elle haussa les épaules (mais comme elle était à l'envers, sur sa tête, on avait plutôt l'impression qu'elle les abaissait).

— Je ne sais pas vraiment, avoua-t-elle. Vous allez probablement comparaître devant l'Empereur Soh, notre souverain, et Samuel le Sage, son conseiller.

— Mon grand-père ? s'écria Xavier.

Cette annonce renversa littéralement Lah : elle perdit l'équilibre et s'affala dans le sable en hurlant « KWAAAAAAAH ? ? ? ». Péniblement, elle se remit debout et demanda tout doucement, comme si elle avait peur que quelque chose de terrible lui arrive :

— Ai-je bien compris ? Samuel le Sage est ton grand-père ?

— Le père de ma mère, en effet, précisa Xavier.

Les yeux de Lah s'ouvrirent grand grand grand et elle devint toute rouge. Puis elle s'inclina très bas devant Xavier, si bas que sa tête heurta le sol et rebondit une ou deux fois au bout de son cou-ressort.

— Oh la la, ne me punissez pas, ô grand petit-fils de Samuel le Sage ! proclama-t-elle d'une voix pleine de révérence. Je ne pouvais pas savoir, je m'excuse, je suis désolée !

— Qu'est-ce qu'elle raconte ? fit Aristote qui n'était pas certain de tout comprendre ce qui se passait.

— Mais c'est évident ! lui répondit Doh. Elle a peur de Xavier, parce qu'il est le petit-fils de Samuel le Cruel ! Je vous l'avais bien dit qu'il n'avait pas trop bonne réputation sur Bargalax, ce vieux fourbe-là ! Même ses alliés en sont terrorisés !

Xavier s'approcha de Lah et lui mit la main sur l'épaule. La Bing-bing sursauta, mais elle n'osa pas bouger.

— Allons, je ne te ferai pas de mal, Lah, déclara le petit Terrien. Tu peux continuer à me tutoyer. Ah, j'ai drôlement hâte de revoir mon grand-père, il a pas mal de choses à m'expliquer ! Enfin, je suppose que cela veut dire que nous ne sommes plus captifs, hein ?

Lah leva les yeux vers le garçon.

— Toi et ton lézard, vous êtes libres, bien sûr, confirma-t-elle. Mais le Bong-bong, lui, demeure mon prisonnier. Je n'ai pas le choix.

— Oh, tout de même ! protestèrent Xavier et Aristote. Si on te le demande !

— Je ne peux pas, répéta Lah, à regret. C'est la guerre.

— Mais c'est une guerre complètement ridicule ! objecta Xavier. Je ne suis quand même pas le seul à penser ainsi !

— Peut-être, dit Lah, mais je – AAAAAAAAAAAAH ! ! !

La jeune Bing-bing se mit soudain à se débattre et à hurler comme si elle venait de s'asseoir sur un rond de poêle. Sa mitrailleuse à maïs fut projetée dans les airs et atterrit à plusieurs mètres du groupe. Complètement abasourdi, Xavier s'approcha encore un peu pour voir ce qui pouvait causer cet extraordinaire comportement.

Tout à coup, une *chose* visqueuse et sinueuse agrippa violemment sa jambe. C'était un horrible tentacule qui sortait du sable et qui s'était enroulé solidement autour de son mollet. L'appendice était brun rougeâtre et couvert de larges ventouses pâles et moites. Un tentacule semblable retenait Lah. Xavier était terrifié. Il dut faire un effort immense pour ne pas hurler lui aussi et se pencha pour tenter de se libérer, mais en vain - ses doigts glissaient sur la peau poisseuse de la créature. Et le monstre tirait, tirait, tirait pour les amener sous terre, dans son royaume. Xavier remarqua avec horreur qu'ils enfonçaient lentement dans le sable.

— Mais qu'est-ce que c'est que ça ? cria-t-il en donnant des coups de poings inutiles sur le tentacule qui se resserrait de plus en plus.

— C'est une pieuvre du désert ! répondit Lah d'une voix éraillée par la frayeur.

— Une pieuvre qui vit dans le désert ? s'exclama Xavier, fort étonné. Quelle planète !

— Nous sommes perdus ! continua Lah. Je connais cette bête, c'est la plus féroce de tout Bargalax ! Elle va tout simplement nous bouffer, sans cérémonie !

— Mais pas du tout ! Je ne suis pas d'accord ! protesta Aristote qui venait tout juste de se réveiller après le choc de la surprise. À nous deux, misérable céphalopode ! À L'ATTAQUE ! ! !

Et le lézard s'élança. Il sauta sur les tentacules qui émergeaient du sol et se mit à mordre à gauche et à droite, en grognant d'une façon assez spectaculaire pour un aussi petit animal.

— Prends ça ! Et ça ! Et encore ça ! vociféra-t-il en mordant de tous les côtés, sans discrimination. Ah, tu croyais pouvoir grignoter mes amis, en sauce aux oignons, peut-être ? Eh bien, grignote donc ÇA !

— Ouaïe ! glapit Xavier. Fais un peu attention, tout de même ! C'était ma cuisse, ça !

— Oh, désolé, s'excusa Aristote avant de se remettre à mordre. Aha ! Tu commence à en avoir assez, hein, immonde créature ! Tu avais compté sans Aristote, lézard de choc ! Ha ha ha ha AAAAAAAAAAH ! ! !

Subitement, Aristote s'envola. La pieuvre qui manifestement n'aimait pas se faire mordre de cette façon venait de sortir un tentacule supplémentaire pour attraper le pauvre reptile qui pendouillait maintenant à un ou deux mètres du sol.

— Oh la la, quel caractère ! s'écria-t-il d'une voix consternée. AU SECOURS ! ! ! À L'AIDE ! ! ! DOH, FAIS QUELQUE CHOSE ! ! !

Doh n'avait pas bougé depuis que la pieuvre était arrivée. Il était tout blanc, figé par la terreur, et il avait un peu l'air de vouloir se mettre à pleurer. Il ne semblait même pas entendre les appels à l'aide des trois futurs amuse-gueule du poulpe déchaîné.

On entendit soudain, venant du sol, un rugissement atroce, inhumain, qui s'intensifia jusqu'à devenir intolérable. Et brusquement, la surface du désert explosa en millions de minuscules grains de sable jaillissant vers le ciel.

La pieuvre du désert apparut complètement. Elle ressemblait à notre poulpe terrien, mais elle était énorme, énorme! Xavier et Lah ballottaient maintenant à côté d'Aristote, haut dans les airs au bout d'un tentacule frémissant. La pieuvre observait ses proies avec de gros yeux méchants qui brillaient d'une inquiétante lueur jaune. Les trois prisonniers se trémoussaient et trépignaient frénétiquement, mais le monstre avait l'air bien décidé à ne pas les lâcher. Plutôt que d'amener son repas chez elle, la pieuvre avait voulu voir quel genre de victimes pouvaient se montrer aussi récalcitrantes.

Xavier commençait à se sentir très inconfortable, pendu ainsi la tête en bas. Il se demandait comment les Bong-bongs et les Bing-bings arrivaient à se déplacer de cette façon sans souffrir d'épouvantables migraines. Il regarda au-dessus de lui : il ne voyait que le sable. Puis le sol se mit à bouger et en une minute il ne voyait plus qu'un immense trou noir avec des replis de peau au fond.

Un immense trou noir ... avec des replis de peau au fond?

Il était suspendu juste au-dessus de la gueule ouverte

de la pieuvre ! Tout à coup, il ne tenait plus vraiment à ce que le tentacule desserre son emprise sur sa jambe : si la créature le lâchait, il allait tomber tête première dans son gigantesque gosier !

— Doh ! appela-t-il en essayant très très fort de ne pas céder à la panique. Doh ! J'aurais comme qui dirait besoin d'un petit coup de main, ici ! Sinon, euh, je vais finir en hors-d'œuvre ! Pour être franc, je n'y tiens pas beaucoup ! Doh ! DOH ! FAIS QUELQUE CHOSE ! ! ! DOOOOOOOOH ! ! !

Doh réagit enfin. Il avala un bon coup, oublia sa peur et bondit. En quelques BONGS précis, il parvint à l'endroit où la mitrailleuse à maïs était tombée. Il l'empoigna précipitamment, se retourna vers la pieuvre du désert et appuya fermement sur la gâchette.

Une tornade de grains de maïs fut éjectée avec une puissance inouïe du canon de l'arme Bing-bing. En moins d'un dixième de seconde, la pieuvre était presque submergée sous les projectiles alimentaires. La créature eut un mouvement de recul bien compréhensible : sa surprise et sa rage étaient si grandes qu'elle se mit à balayer l'air de ses tentacules, faisant valser ses trois prisonniers de tous les côtés. Les pauvres victimes ne criaient même plus – la terreur les avait rendu muets.

Et sans le vouloir, la pieuvre lâcha Aristote ! Le lézard fit un remarquable vol plané et roula sur le sable. Il se remit lentement sur ses pattes, l'air passablement groggy, mais il était sauf. Le monstre se trouvait entre Doh et lui.

La pieuvre essayait toujours de se sortir des grains de maïs, en rugissant d'une façon terrible. Elle aurait pu simplement s'enfoncer dans le sable, mais elle ne voulait pas perdre le reste de son dîner.

POP-pop-pop-POP-POP-POP-pop-POP-pop-pop-pop-POP !

Les grains de maïs se mirent à exploser ! La pieuvre était maintenant complètement ahurie et au paroxysme de la fureur. On ne l'avait jamais attaquée à coups de maïs soufflé auparavant, et elle n'appréciait pas du tout. Les tentacules s'agitèrent de plus belle, vlan vlan vlan et hop ! celui qui retenait Xavier se déroula complètement et le petit garçon partit en tournant comme une toupie et s'écrasa lourdement à côté d'Aristote.

Le monstre poussa un râle de frustration : une partie de son repas venait de lui échapper. Déterminée à ne pas perdre la Bing-bing qui lui restait, elle ouvrit la gueule toute grande et se mit à manger goulûment le maïs soufflé, avec l'intention évidente de créer une brèche dans le piège culinaire pour pouvoir avaler Lah.

— Doh ! hurla Xavier. Tire encore ! Tire encore, ou Lah va se faire bouffer !

Mais Doh ne bougea pas. La pieuvre avait presque fini de passer à travers le mur de maïs soufflé – Lah fut lentement amenée au-dessus de la gueule béante – mais Doh restait toujours immobile. Xavier essaya de se lever, mais lui et Aristote étaient encore trop étourdis par leur chute. Ils n'avaient de toute façon pas le temps de se rendre jusqu'à la mitrailleuse avant que Lah ne disparaisse à tout jamais dans l'estomac de la pieuvre du désert.

— Doh ! reprit-il. Doh, je sais que Lah est une Bing-bing, mais ce n'est pas une raison pour la laisser tomber !

— Xavier a raison, Doh ! renchérit Aristote. Tape-lui dessus après si tu y tiens, fais-la prisonnière, mais pour tout de suite, tire !

Doh hésita encore quelques secondes. Lah se mit à descendre tranquillement vers son destin, mais elle ne criait pas. Ses yeux étaient fermés et sa bouche tremblotait.

Et alors Doh se montra plus intelligent que tous les autres Bong-bongs de la planète Bargalax : il visa soigneusement avec la mitrailleuse à maïs et tira. La pieuvre du désert reçut les grains de maïs en pleine poire. Elle sembla prête à exploser pendant un moment, puis elle eut l'air de se dire que, zut, ces proies-là étaient un peu trop coriaces. Avec un grognement de dépit, elle balança Lah par terre et s'enfonça rapidement dans le sable.

En une minute, elle avait complètement disparu. Il ne restait plus que Xavier, Aristote, les deux Bargalaxiens et beaucoup, beaucoup de maïs soufflé.

Ils ne parlèrent pas pendant un long moment, préférant reprendre leur souffle, couchés dans le sable.

Finalement, ce fut Lah qui brisa le silence.

— Merci, Doh, dit-elle simplement.

— Tu vois? dit Xavier. Si Doh t'a sauvé la vie, ça veut dire que les Bong-bongs ne sont sûrement pas aussi épouvantables qu'on veut le faire croire. Il aurait pu te laisser mourir.

— Je sais, acquiesça Lah. Doh, je suis maintenant ta prisonnière.

Doh soupira ... puis il sourit.

— Non, décréta-t-il. Personne ici n'est le prisonnier de personne. Je crois que Xavier et Aristote ont raison. On se sent bien mieux lorsqu'on est copains.

Aristote se hissa sur l'épaule du Bong-bong.

— Alors, on est là-dedans tous ensemble? demanda-t-il. On fait la paix?

Doh et Lah se regardèrent dans les yeux ... et se serrèrent la main.

— Bon ! s'exclama Xavier, bien content de la tournure des événements. J'ai l'impression que ça change un peu notre plan, ça, hmm ?

— C'était quoi, votre plan ? fit Lah.

Xavier le lui expliqua.

— Je ne crois pas qu'on puisse aller avertir les Bong-bongs qu'ils vont se faire attaquer à vingt heures, observa Doh. Ils ne feraient qu'attaquer les Bing-bings plus tôt, et ça ne réglerait rien du tout.

— J'ai une idée, dit le Terrien. Nous allons nous rendre chez les Bing-bings et je vais parler à mon grand-papa Samuel. Je suis sûr qu'il va nous aider à trouver un moyen d'arrêter cette guerre idiote.

— Mais non ! protesta Lah. Il nous aide à battre les Bong-bongs, il n'a jamais essayé d'arrêter la guerre jusqu'à maintenant et je ne vois pas pourquoi il s'y mettrait aujourd'hui.

— Ça, c'est vrai, approuva Aristote. Tu connais ton grand-père, Xavier. C'est une tête de pioche. Il ne voudra rien entendre.

Xavier secoua fermement la tête.

— Je suis certain de pouvoir le faire changer d'avis. Faites-moi confiance. Et maintenant, en route ! Nous n'avons plus beaucoup de temps !

Les Bong-bongs et les Bing-bings vivaient tous dans les montagnes qui entouraient le désert, mais ils demeuraient chacun de leur côté et s'évitaient soigneusement. À l'ouest se trouvait le territoire des Bong-bongs ; à l'est, celui des Bing-bings. Au centre s'étendait la Plaine des Boings, une grande prairie herbeuse entourée de falaises.

Il y avait, dans cette chaîne de montagnes, deux pics particulièrement élevés : le Mont-Bong, au centre de la contrée Bong-bong, et le Mont-Bing (je crois que vous pouvez deviner où il était placé). Toute la vie des Bargalaxiens s'organisait autour de ces deux monts ; sur leurs flancs étaient construits les villages, sur leurs plateaux étaient cultivés l'arbre à hamburger et la pizza sauvage (des plantes tout à fait remarquables), et dans leurs vallées paissaient les troupeaux de moutons volants, sous l'œil vigilant et attendri de leurs gardiens. Et bien entendu, sur leurs sommets respectifs se dressaient le Palais Royal des Bong-bongs et la Forteresse Impériale des Bing-bings. C'était dans ces augustes établissements que se prenaient toutes les décisions importantes, les bonnes comme les mauvaises, les judicieuses comme les sottes.

La Forteresse Impériale était la destination de nos quatre héros. Ils avançaient aussi vite que possible, car le temps filait : Xavier et Aristote en avant, Doh au milieu et Lah derrière, la mitrailleuse à maïs levée, bien en évidence.

— Nous allons faire semblant d'être encore tes prisonniers, Lah, avait dit Xavier un peu plus tôt. De cette façon, nous n'attirerons pas les soupçons et nous pourrons entrer sans problème. Ce qu'il faut, c'est arriver à se faire interroger par mon grand-père. Vous allez voir, il va tout arranger.

Tout le monde avait approuvé le plan, mais Xavier se sentait beaucoup moins convaincu qu'il ne voulait le laisser paraître. Il n'était plus aussi sûr de pouvoir faire entendre raison à son grand-papa Samuel.

— Ah ! chuchota Lah un peu plus tard, voilà les portes de la Forteresse ! Il va falloir leurrer les deux gardes, alors je vais devoir me conduire comme une vraie soldate Bing-bing et peut-être dire des choses plus ou moins gentilles ... mais je ne les penserai pas !

— Ne t'en fais pas ! répondirent doucement Doh et Xavier. On comprend. Arrange-toi pour avoir l'air authentique, c'est tout. Notre mission dépend de toi ! Bonne chance !

Lah hocha la tête. Puis elle se mit à sauter dessus, en brandissant sa mitrailleuse d'un air menaçant.

— Allez, en avant, mes lascars ! ordonna-t-elle. Vous vous êtes assez reposés, bande de paresseux ! Vous voulez faire attendre Samuel le Sage, hein, fainéants ? Vous en ferai baver, moi, mes gaillards ! Z'êtes pas chez ces mauviettes de Bong-bongs, ici ! En avant !

— Une chance que je sais qu'elle joue la comédie, murmura Doh en rougissant de colère malgré lui, sinon je lui enfoncerais sa stupide mitrailleuse dans une narine !

— Chut ! répliqua Aristote. Tais-toi ! Tu vas tout faire rater !

— HALTE ! ! ! cria un des gardes. Qui êtes-vous ?

Lah s'avança un peu et annonça d'une voix forte :

— Je suis Lah, un loyal sujet de notre Empereur ! J'amène ces prisonniers que j'ai capturés dans le désert : un humain, un animal bizarre et un Bong-bong !

— Un Bong-bong ? répéta le garde, impressionné. Félicitations, Lah. On ne voit pas souvent de Bong-bongs, par ici.

Il s'approcha de Doh et l'examina un bon moment. Puis, sans prévenir, il donna un bon coup de poing sur la tête du pauvre captif. Évidemment, cela fit BONG ! ! ! et la tête de Doh se mit à rebondir follement, jusqu'à ce qu'il l'arrête avec ses mains. Xavier, Aristote et Lah étaient furieux, Doh était humilié et un peu sonné, et le garde était mort de rire. En fait, les deux gardes étaient morts de rire.

— WAAAAAAAAAH HA HA HA HA ! ! ! hurla le premier garde. Ah, ce bong ! Ça me fait rigoler à chaque fois ! Pas toi, Sih ?

— Oh oui, Poh ! répondit Sih en essuyant les larmes d'hilarité qui coulaient sur ses joues. Bong ! Bong ! Quel bruit ridicule !

Et ils se remirent à s'esclaffer méchamment. Doh secoua la tête, pour rassembler ses esprits. Il regarda les deux gardes ... ses yeux lançaient des éclairs, ses poings étaient fermés, il avait l'air prêt à leur bondir dessus, sans réfléchir ! Pour éviter que Doh ne fasse une crise, Lah interrompit les festivités en s'exclamant :

— Ça suffit ! Ces trois-là sont mes prisonniers ! Je vous interdis de les toucher ! Maintenant, faites votre travail et annoncez-moi !

Le rire des gardes s'éteignit brusquement et ils se redressèrent avec une moue désappointée.

— Bof, si on ne peut même plus s'amuser un peu, grommela Poh. Enfin ... je crois que Samuel le Sage voudra leur dire quelques mots, surtout avec un humain dans la bande ... au fait, d'où il vient, cet humain-là ?

— Ce n'est pas à vous d'interroger les prisonniers, répliqua sèchement Lah. Samuel le Sage s'en chargera.

Sih et Poh se regardèrent une seconde, l'air de vouloir remettre l'impertinente soldate à sa place, puis Poh haussa les épaules.

— Suivez-moi, dit-il en ouvrant la porte de la forteresse avec une grosse clé en acier.

— En avant, MARCHE ! ajouta Lah pour faire authentique. Et plus vite que ça, bande de lavettes !

Ils entrèrent au pas (et au saut) de course.

— Nous y voilà, dit Poh lorsqu'ils furent arrivés à une grande porte de bois sculpté.

Xavier observa la porte. Il y avait un autre garde devant et un écriteau lumineux y était accroché, sur lequel on pouvait lire :

LABORATOIRE DE SAMUEL LE SAGE,
LE PLUS GRAND SAVANT DE L'UNIVERS
ET DE PARTOUT AILLEURS
et il est strictement défendu d'en douter.

— Eh bien! railla Aristote. On a déjà vu plus modeste, hein?

— Tu as raison, fit Xavier en soupirant, je ne sais pas ce ...

— SILENCE!!! hurla Lah qui, décidément, jouait très bien son rôle. Un peu de respect quand on parle de Samuel le Sage!

Poh discuta une minute à voix basse avec le garde. Finalement, il se retourna et dit à Lah :

— Samuel le Sage va vous recevoir. Vous allez l'attendre dans le laboratoire. Votre mitrailleuse à maïs, s'il vous plaît.

— Pardon?

— Votre mitrailleuse à maïs, répéta Poh. Donnez-la-moi.

Lah n'aimait pas beaucoup l'idée d'entrer dans le laboratoire sans son arme. Elle avait encore très peur de grand-papa Samuel, sans compter qu'il leur faudrait peut-être fuir rapidement si les choses tournaient mal.

— Pourquoi ? rechigna-t-elle.

— Nulle arme n'est admise dans cette pièce, répondit Poh. C'est pour la sécurité de Samuel.

Lah hésita encore un peu, mais elle comprit bien vite que son hésitation la rendait suspecte. À contrecœur, elle tendit sa mitrailleuse à Poh. Celui-ci la remercia, fit demi-tour et partit en sautant, bing bing bing. Le garde ouvrit la porte du laboratoire et les quatre amis entrèrent.

La pièce ressemblait beaucoup à l'observatoire de la maison à la tour, sur Terre, mais elle était bien plus grande. Il y avait des instruments d'astronomie, des cartes du ciel et des étoiles et encore plus de papiers qu'à la maison, plein de papiers qui traînaient partout, empilés n'importe comment dans tous les coins. Et au milieu, un autre ultra-télescope.

Xavier sourit – son grand-papa Samuel n'avait vraiment aucun ordre. Doh et Lah admiraient en silence, la bouche ouverte : ils étaient très impressionnés et légèrement craintifs. Aristote sauta de l'épaule de Xavier et se mit à fureter un peu.

— Hé, Xavier ! fit-il soudain. Viens donc voir ça une minute !

Xavier s'empressa d'aller rejoindre le lézard qui était grimpé sur une petite table et observait avec fascination une maquette de balsa et de carton, qui représentait un bidule ahurissant avec des roues, des leviers, des cordes et des poulies.

— Qu'est-ce que c'est? demanda le reptile.

— C'est une maquette, répondit bêtement le garçon.

— Je le vois bien, que c'est une maquette, imbécile! rétorqua Aristote avec mauvaise humeur. Mais c'est une maquette de quoi?

— Une maquette de la plus terrible machine de guerre jamais conçue de ce côté-ci de la galaxie! répondit une voix derrière eux.

— Grand-papa Samuel ! s'écria joyeusement Xavier en se retournant.

Le vieil homme ne s'était sûrement pas attendu à voir son petit-fils sur la planète Bargalax, car il dut le fixer pendant un bon moment avant de se convaincre que c'était vraiment lui. Les retrouvailles ne semblaient pas trop l'enthousiasmer.

— Xavier ? Mais qu'est-ce que tu fais ici ? Et pourquoi es-tu en pyjama ? gronda-t-il en mettant ses mains sur ses hanches, comme le font les grandes personnes quand elles sont fâchées.

Xavier déglutit bruyamment. Il avait un peu oublié que pour arriver sur Bargalax, il était monté dans la tour, à la maison, et comme il n'en avait pas le droit, eh bien, il allait probablement se faire disputer.

— Hum … euh … expliqua-t-il, tu avais oublié de verrouiller la porte …

— Et tu es entré quand même ? dit Samuel. Et tu as découvert le secret de l'ultra-télescope ?

— Oui, admit le garçon.

— Ah ! renifla le grand-père avec colère. Je suis déçu, Xavier. Déçu, déçu, déçu.

— Oh, on s'en balance que vous soyez déçu ! s'exclama impatiemment Aristote. Nous, ce qui nous intéresse, c'est ce que vous avez à dire pour votre défense ! Primo, aidez-vous les Bing-bings à gagner la guerre contre les Bong-bongs ? Secundo, si oui, pourquoi ? Et tertio ...

— Tu as amené cette agaçante chose avec toi, Xavier ? interrompit le vieil homme. Et en plus, maintenant, il parle ! Je me demande quel est l'imbécile qui l'a passé à l'Augmenteur Psycho-Cérébral ...

Doh s'approcha courageusement et prit la parole :

— C'est moi qui l'ai Augmenté, ô Samuel le Cruel ! Et il n'est pas une chose ! Aristote est un lézard – et en plus, il est notre ami.

Samuel recula de quelques pas en entendant les BONGS que Doh faisait en sautant.

— Un Bong-bong ! murmura-t-il, l'air presque effrayé. Eh bien, Xavier, tu as le don de t'entourer de gens peu recommandables ! Je vais appeler les gardes pour qu'ils capturent ce dangereux ennemi !

— Non ! cria Lah en s'avançant à son tour. Samuel le Sage, écoutez-moi. Je suis une Bing-bing et Doh est un Bong-bong. Pourtant, nous sommes copains. Si nous arrivons à nous entendre, je suis sûre que nos deux nations le peuvent aussi. Je ne crois plus que cette guerre soit nécessaire.

— Tu vois, grand-papa, reprit Xavier, nous sommes ici pour essayer de te convaincre de nous aider. Est-il vrai que tu inventes des machines de guerre pour les Bing-bings ?

Le vieillard haussa les épaules et pointa la maquette du doigt.

— Oui, c'est vrai, avoua-t-il sans la moindre trace de remords. Celle-ci est mon chef-d'œuvre.

— Oh ! s'écria Aristote. Vous n'avez pas honte - appeler une affreuse machine de guerre un chef-d'œuvre ? C'est absolument immonde !

Xavier avait bien envie d'adresser les même reproches à Samuel, mais il se retint, fit signe à son lézard de se taire et demanda :

— Tu nous expliques comment ça fonctionne, dis ?

Samuel eut l'air un peu surpris, mais comme tous les savants, il adorait parler de ses inventions et répondit que hum, il n'avait pas que ça à faire, mais au fond, pourquoi pas ?

— Ne vous énervez pas, j'ai mon idée, murmura Xavier en voyant les mines étonnées de ses amis.

Intrigués malgré eux, les quatre conspirateurs s'approchèrent de la table pour mieux examiner le modèle réduit.

— Cette machine est basée sur le principe du canon, se mit à raconter fièrement Samuel, mais je l'ai amélioré plus de, oh, cinq cents fois. Elle peut se déplacer grâce à ces grosses roues tout-terrain, et l'opérateur est assis dans cette petite cabine. Les munitions sont stockées dans ce réservoir. Les commandes sont très simples et ce qui est extraordinaire, c'est que nous n'aurons besoin de tirer qu'une seule fois. Aha ! Je vois à votre air incrédule que vous pensez que je raconte n'importe quoi. Je m'explique : un seul coup de ce fabuleux canon sera nécessaire, car il peut tirer à plusieurs kilomètres, en un demi-cercle parfait, une véritable pluie de – et c'est là le coup de génie – de feuilles de l'arbre à pages blanches !

— LES FEUILLES DE L'ARBRE À PAGES BLANCHES ! ! ! répétèrent Doh et Lah, horrifiés.

— C'est quoi, ça, des feuilles d'arbres à pages blanches ? demandèrent Xavier et Aristote, un peu étonnés.

— Quelque chose d'épouvantable ! répondit Doh en tremblant. Les feuilles de l'arbre à pages blanches sont justement cela : des pages blanches. De loin, comme ça, ce n'est pas dangereux, c'est même joli quand il y a un peu de vent, mais dès qu'on touche à une de ces feuilles, pfuit ! la victime disparaît et, tout ce qui reste, c'est un dessin qui la représente, sur la page qui n'est plus blanche !

— Pfuit ?

— Oui, pfuit ! renchérit Lah. On disparaît à tout

jamais !

— Eh oui ! conclut Samuel. D'après mes recherches, l'arbre à pages blanches réagit comme un écrivain ou un peintre. Il est bien connu que les écrivains et les peintres ont horreur des pages blanches ... alors, comme eux, l'arbre à pages blanches s'efforce de mettre quelque chose sur ces pages – en l'occurrence, un dessin de la personne assez inconsciente pour en toucher une ! Donc, grâce à ma machine, en un seul coup, tous les Bong-bongs vont disparaître de la surface de Bargalax pour toujours ! Il ne restera que des centaines de jolies illustrations que nous pourrons mettre (avec des gants spéciaux) dans des albums-souvenirs ! La vraie machine a été terminée ce matin, juste à temps pour l'assaut de ce soir !

— Mais c'est monstrueux ! hurla Xavier. Grand-papa, pourquoi veux-tu faire une chose pareille ?

— Mais parce que les Bing-bings sont gentils, et que les Bong-bongs sont méchants ! Dis-moi, Xavier, tu te souviens de la fois où je ne suis pas descendu de la tour pendant trois jours, il y a environ un an ?

Xavier fit lentement oui de la tête. Il se sentait très déprimé.

— Je ne suis pas descendu parce que je n'étais pas dans la tour, continua le vieillard. J'étais ici, sur Bargalax. C'était mon premier voyage. J'étais tellement impatient d'essayer mon ultra-télescope que je suis entré dedans sans réfléchir et quand je suis arrivé ici, j'ai réalisé que je n'avais aucun moyen de revenir chez moi. Tu y avais pensé, toi? Comment comptais-tu revenir, quand tu as sauté hors du télescope?

Xavier réfléchit un instant, regarda Aristote et dit, d'un air contrit :

— C'est bête, hein, mais je ne sais pas.

— Oh la la, frissonna Aristote, mais j'aurais pu resté pris ici jusqu'à la fin de mes jours!

— En effet, dit Samuel. Enfin, j'ai erré dans le désert pendant plusieurs heures. J'étais désespéré et prêt à abandonner tout espoir lorsque les Bing-bings m'ont recueilli. Ils m'ont ramené ici, ils se sont occupés de moi, ils m'ont aidé à construire un ultra-télescope de retour ... ils m'ont sauvé la vie, Xavier. Quand ils m'ont demandé de les aider à combattre les terribles Bong-bongs, je n'ai pas pu refuser. Les Bong-bongs sont méchants et sournois, les Bing-bings me l'ont dit - et je les crois.

— Mais non! objecta Xavier. Regarde Doh, c'est un Bong-bong et il n'est pas sournois du tout.

— Eh bien, c'est qu'il est ... l'exception, voilà, s'entêta Samuel.

— Vous ne nous aiderez pas à arrêter la guerre,

alors ? demanda Lah.

— Moi ? Mais absolument pas ! ricana le grand-père. Quelle étrange idée !

— Mais tu *dois* nous aider ! dit Xavier. Tu ne vois donc pas que ...

— Je ne dois rien faire du tout, trancha Samuel. Ça suffit, Xavier. Tu vas rentrer à la maison, et tout de suite ! Je vais m'occuper moi-même de tes petits amis et tu auras affaire à moi ce soir ! Allez, dans le télescope !

Xavier ouvrit la bouche, prêt à protester encore, puis il soupira et se mit à avancer en traînant les pieds vers le gros télescope. Sous les regards découragés de ses trois camarades, il grimpa les trois marches, ouvrit la porte ... et la referma.

— Non, dit-il fermement. Je ne m'en vais pas. Je vais arrêter cette guerre ridicule tout seul, s'il le faut. Et j'espère que tu finiras par voir que j'ai raison.

Aristote, Lah et Doh le regardaient maintenant avec beaucoup d'admiration. Mais grand-papa Samuel n'avait pas l'air admiratif du tout. En fait, il semblait sur le point de faire une crise d'apoplexie. Il était cramoisi, il respirait comme une locomotive et sa bouche s'ouvrait et se refermait sans qu'il ne dise un mot.

— GARDES ! ! ! hurla-t-il finalement, s'arrachant

presque les cheveux et les sourcils. ATTRAPEZ-MOI CES PETITS MONSTRES !!! GARDES !!! GAAAAAAAAAARDES !!!

À partir de ce moment-là, tout se passa très très très vite. La porte du laboratoire s'ouvrit brusquement et quatre ou cinq gardes armés de mitrailleuses à maïs – une autre invention de Samuel le Cruel – s'élancèrent dans la pièce. Sans perdre une seconde, Xavier bondit vers le module de commande de l'ultra-télescope en criant :

— Les copains ! Couchez-vous !

Doh et Lah obéirent immédiatement et se laissèrent tomber par terre – Aristote était si petit qu'il n'eut qu'à baisser un peu la tête. Xavier retrouva sans problème le levier qu'il avait utilisé à la maison. Il le tira vers lui de toutes ses forces.

Et l'énorme télescope se mit à tourner dans le laboratoire ! Zoum ! Samuel évita le choc en se jetant sous une table, mais les gardes ne furent pas aussi rapides.

Zoum ! BING ! BING ! BING ! BING ! BING !

Les gardes, qui s'étaient remis à l'endroit pour mieux viser, reçurent le télescope en plein sur la margoulette ! Ils titubèrent un instant, les paupières papillotantes, puis ils s'effondrèrent tous ensemble, complètement inutilisables pour une bonne demi-heure.

— Vite ! Sauvons-nous ! dit Xavier en courant vers la porte ouverte.

Ils sortirent du laboratoire, poursuivis par la voix rageuse de grand-papa Samuel. Ils couraient et sautaient plus vite que jamais auparavant dans leur vie. Arrivés à l'entrée de la forteresse, Doh et Lah prirent un énorme élan et se précipitèrent tête première contre la porte. Celle-ci s'ouvrit d'un seul coup, avec un BOING titanesque … et les quatre amis s'enfuirent dans les montagnes !

— Ben … ils ne sont pas restés longtemps, hein ? dit Poh à l'autre garde en les regardant détaler.

— Je ... ouf .... je crois que nous sommes ... ouf ... assez loin ! haleta Xavier quelques minutes plus tard. Arrêtons-nous pour ... ouf ouf ... nous reposer et réfléchir.

Ses trois compagnons adoptèrent sans attendre cette suggestion et s'assirent par terre, en reprenant leur souffle. Xavier regarda rapidement autour de lui : ils étaient dans un champ d'arbres à pizzas. Le petit garçon rit doucement – la végétation bargalaxienne ne cessait de l'épater. Les pizzas doraient tranquillement au soleil, ballottant au bout des branches. Lah s'étira et en cueillit une, puis elle alla rejoindre ses amis.

— Tenez, prenez ça, dit-elle en la séparant en quatre morceaux, ça devrait nous remonter le moral. Ah !

elle est bien mûre, miam miam miam !

Comme ils avaient tous un peu faim, ils mastiquèrent en silence pendant un moment, puis Xavier déclara, pensivement et la bouche pleine :

— Bon, alors les copains, le plan vient encore de changer. Les Bing-bings vont attaquer dans … euh …

— Dans deux heures, précisa Doh en consultant sa montre.

— Dans deux heures, voilà, reprit le garçon, et pour être parfaitement honnête, je n'ai pas la moindre idée de ce que nous pourrions faire pour les en empêcher.

Ce qu'il faudrait, c'est trouver un moyen de rendre le canon à pages blanches inoffensif ... dis donc, Lah, qu'est-ce que tu manges ?

— Mon dessert, des guimauves des champs, répondit distraitement la Bing-bing. Nous sommes assis au beau milieu de guimauviers sauvages, tu n'avais pas remarqué ?

Xavier se pencha pour examiner le sol et vit que Lah disait vrai : des guimauves poussaient par terre, entre les herbes ! De belles guimauves blanches et appétissantes !

— Ça y est ! s'écria-t-il en claquant des doigts. C'est la solution à notre problème !

— Hein ? fit Aristote. Des guimauves, la solution à notre problème ? Mais qu'est-ce que tu racontes ?

— Mais oui ! continua Xavier, soudain très excité. Écoutez-moi bien, voici ce que nous allons faire : nous allons remplacer les pages blanches, dans le canon, par des guimauves ! Des tas de guimauves délicieuses et sans danger !

Doh et Lah se regardèrent un instant, l'air incertain. Puis le Bong-bong sourit en hochant la tête.

— C'est une bonne idée, approuva-t-il.

— C'est vrai, ajouta Lah plus gravement, mais ça risque d'être très difficile. Comment allons-nous faire ?

Le jeune Terrien réfléchit encore un peu, puis il prit une grande respiration et se mit à tout organiser.

— Bon, déclara-t-il. Plan numéro trois. Aristote, tu vas retourner dans la Forteresse Bing-bing pour saboter les mitrailleuses à maïs. Tu es le plus petit et tu es capable de te déplacer sans faire de bruit, ça ne devrait pas être trop difficile.

— Holà ! Un instant ! répliqua Aristote en frémissant de la tête à la queue. Moi, retourner dans la Forteresse ! Mais tu es fou ! S'ils m'attrapent, ils vont me passer à la page blanche, comme ça, pfuit, sans la moindre hésitation ! Et en plus, comment je vais faire pour les saboter, ces stupides mitrailleuses, hmm ?

— Ça, c'est facile, commenta Lah. Dans l'armurerie, où toutes les mitrailleuses sont entreposées, il y a une grande quantité de linges utilisés pour astiquer les armes. Tu n'as qu'à les déchirer en petits morceaux et t'en servir pour boucher le canon des mitrailleuses. De cette façon, quand les soldats les utiliseront, elles leur péteront à la figure et ils vont se retrouver ensevelis sous leur propre maïs soufflé.

Le lézard fronça les sourcils et avala un bon coup.

— Hmmf ! fit-il, toujours un peu inquiet. D'accord, j'irai ! Mais s'il m'arrive quelque chose, ce sera votre faute !

Xavier se retint pour ne pas éclater de rire. Il bougonnait beaucoup, Aristote, mais il était tout de même bien courageux !

— Toi, Doh, continua le petit garçon, tu vas aller chez les Bong-bongs pour les avertir de l'attaque des Bing-bings.

— Quoi ? Mais Xavier, nous avions décidé de ne rien leur dire, pour qu'ils n'attaquent pas les premiers ...

— Écoute-moi, tu vas comprendre, l'interrompit Xavier. Tu vas retourner chez toi, mais tu ne leur diras rien avant ... oh ... avant dix-neuf heures trente, tiens. Tu leur annonceras ensuite qu'ils vont être pris d'assaut et que l'armée Bing-bing se regroupera dans la grande vallée que nous avons traversée tout à l'heure ...

— La Plaine des Boings ?

— C'est ça ! Mais ne mentionne pas les mitrailleuses à maïs, ni le canon. De cette façon, l'armée Bong-bong aura tout juste le temps d'arriver sur le champ de bataille et nous pourrons nous occuper des deux armées, d'un seul coup.

Doh considéra la tactique une minute puis il acquiesça de la tête.

— D'accord. Et vous, qu'allez-vous faire ?

— Lah et moi, répondit Xavier, nous allons voir ce

que l'on peut faire avec le canon de mon grand-papa Samuel ... allez, séparons-nous ! On se retrouve à la Plaine des Boings vers dix-neuf heures cinquante ! Bonne chance !

Le Terrien et la Bing-bing regardèrent leurs camarades s'éloigner jusqu'à ce qu'ils disparaissent derrière les arbres. Puis ils se mirent eux-mêmes en route. Tantôt, pendant que Samuel leur expliquait le fonctionnement de sa machine, Xavier avait, mine de rien, fouiné un peu dans les papiers de son grand-père et avait découvert l'endroit où l'arme secrète était entreposée.

Le fameux canon à pages blanches était caché dans une grosse caverne, quelque part entre le Mont-Bing et le Mont-Bong. Nos deux héros durent marcher et sauter pendant un bon bout de temps pour s'y rendre et lorsqu'ils y arrivèrent enfin, il était déjà dix-neuf heures vingt.

— Nous n'avons plus beaucoup de temps, chuchota Xavier d'une voix pressante.

Vite, ils se dissimulèrent derrière un haut rocher à une vingtaine de mètres de la grotte. D'où ils se tenaient, ils pouvaient voir la caverne, le canon et le garde Bing-bing qui faisait sa ronde devant l'ouverture, sa mitrailleuse à maïs dans les mains.

— Nous sommes drôlement chanceux, murmura Xavier, il y a tout plein de guimauviers à l'entrée de la caverne et il n'y a qu'un seul garde. Mais il est énorme ! Je n'ai jamais vu de Bing-bing aussi gros ! Il est sûrement assez fort pour me renvoyer sur Terre d'une pichenette ! Qu'allons-nous faire ? Lah ? Lah, tu as l'air bien songeuse ...

En effet, la jeune Bargalaxienne observait intensément le garde, les sourcils froncés. Elle se tourna vers son ami.

— Je crois que je le connais, ce garde-là ! dit-elle, les yeux brillants. Si je ne me trompe pas, il s'agit de Boh, le Bing-bing le plus idiot de la planète ! Il ne se souvient jamais de rien et il est tellement bête que même l'Augmenteur Psycho-Cérébral ne peut rien pour lui ! Si c'est lui, je crois que je peux m'en occuper.

Lah fit mine de partir vers la caverne, mais Xavier l'arrêta d'un geste.

— Si ce n'est pas lui, qu'est-ce qui se passe ?

— Il va falloir courir, je suppose, répondit Lah.

— Je vais avec toi, dit Xavier, l'air décidé.

Lah haussa les épaules, puis elle ramassa un gros bout de bois qui traînait par terre et se mit à sauter vers l'entrée de la caverne, suivie du jeune Terrien. Un instant plus tard, tous deux s'arrêtaient devant l'immense garde.

— Bonjour, mon brave, déclara Lah d'un ton joyeux. Auriez-vous l'obligeance de nous laisser passer, nous avons l'intention de saboter le canon, pour arrêter cette guerre stupide une fois pour toutes. D'accord?

Le garde se gratta derrière l'oreille d'un air ahuri puis il s'inclina en souriant.

— Mais bien sûr, répondit-il en s'écartant un peu, faites comme chez vous.

— Pas de doute, c'est bien lui, chuchota Lah à Xavier. Voilà qui devrait nous faciliter la tâche.

— Appelez-moi si vous avez besoin d'aide pour le saboter, ce canon, ajouta Boh, cela me fera plaisir et ... et ...

Il fronça tout à coup les sourcils – il était lentement en train de comprendre ce qu'il était en train de dire.

— Saboter le canon, répétait-il bêtement, saboter le canon ... hmm ... SABOTER LE CANON???

Il avait compris. Lah et Xavier se regardèrent en soupirant : ça avait presque marché. Le garde se mit à brandir son arme en rugissant :

— HALTE! ON NE PASSE PAS! ET ON NE TOUCHE PAS AU CANON DE SAMUEL LE SAGE! HAUT LES MAINS! VOUS ÊTES MES PRISONNIERS!

Boh, un rictus menaçant sur les lèvres, pointa sa mitrailleuse vers Xavier. Le garçon ferma les yeux, fort déprimé à la pensée de se retrouver encore dans le maïs soufflé !

— STOP ! ! ! hurla Lah tout d'un coup.

Xavier ouvrit les yeux. Le cri prit tellement le garde par surprise qu'il obéit sans réfléchir et recula un peu, la mitrailleuse toujours levée. Le petit garçon n'osait pas bouger, mais il se demandait bien comment Lah allait les sortir de ce pétrin.

— Vous n'allez tout de même pas nous attaquer ? demanda la jeune Bing-bing au garde décontenancé. Nous n'avons même pas été présentés !

— Pardon ? répondit Boh en avançant le cou.

— Nous n'avons pas été présentés ! continua Lah. Vous ne savez pas que c'est très très impoli d'attaquer quelqu'un à qui on n'a pas été présenté ?

— Ben, c'est-à-dire ... balbutia le garde d'un air confus, c'est-à-dire ...

— N'est-ce pas que c'est très impoli d'attaquer quelqu'un à qui on n'a pas été présenté, Xavier ? demanda Lah à son ami avec un gros clin d'œil.

Le petit garçon était complètement éberlué, mais il entra aussitôt dans le jeu et confirma :

— Oh, très impoli, Lah, affreusement impoli.

— Ah ! s'exclama la Bargalaxienne, triomphante. Vous voyez ? Vous ne voulez tout de même pas être coupable d'une affreuse impolitesse, non ?

— Ben, heu, non, bégaya le garde en essuyant la sueur sur son front, je suppose que non ... tout de même pas ..

— Et votre mère, hein ? ajouta Lah. Votre mère, vous ne pensez pas qu'elle aurait fameusement honte de vous, si elle apprenait que vous êtes aussi impoli ? N'est-ce pas qu'elle aurait honte, Xavier ?

— Oh, très très honte, Lah, atrocement honte, répondit Xavier en hochant vigoureusement la tête.

— Tenez, j'ai bien envie d'aller tout lui raconter, à votre mère, reprit Lah, nous verrons bien comment elle réagira ...

— NON ! ! ! cria le garde, non, s'il vous plaît, ne faites pas ça !

Pauvre Boh ! Il n'avait pas tellement l'air dans son assiette ! Il était tout rouge, il tremblait et semblait sur le point de pleurer.

— Ne dites rien à maman, soyez gentils, supplia-t-il, elle est tellement fière de son petit gars, elle ne s'en remettrait jamais ... je ferai plus attention à l'avenir, c'est promis. Mais maintenant, qu'est-ce que je dois faire ? Vous êtes toujours des ennemis, vous savez, j'ai mon boulot, moi …

Lah fit oui de la tête en souriant, pour lui montrer qu'elle comprenait parfaitement son problème.

— C'est simple, expliqua-t-elle, nous n'avons qu'à nous présenter, ça devrait tout régler !

Le garde cligna des yeux, l'air fort impressionné.

— Mais c'est très intelligent, ce que vous dites là ! Bravo ! Bon, eh bien, moi, c'est Boh. Comment allez-vous ?

— Très bien, merci, répondit Lah en lui serrant la main.

Puis, à la grande surprise de Xavier, elle leva bien haut le bout de bois qu'elle avait ramassé et essaya d'assommer le garde, mais Boh para rapidement le coup avec sa mitrailleuse à maïs.

— Mais … mais qu'est-ce que vous faites ? s'exclama Lah d'un ton fâché.

— Euh, eh bien, je me défends, répliqua le garde, l'air peu sûr de lui. Je n'aurais pas dû ?

— Mais, évidemment que vous n'auriez pas dû ! cria Lah. Franchement, vous ne comprenez rien ! Moi, je connais votre nom, donc j'ai le droit de vous taper dessus, mais vous, savez-vous qui je suis ?

Le garde réfléchit pendant un long moment.

— Non, finit-il par avouer. Comment ça se fait ?

— Eh bien, c'est parce que je ne vous l'ai pas dit !

— C'est juste, dit le garde en se grattant la tête.

Puis il réfléchit encore un bon bout de temps.

— Hum, déclara-t-il, au comble de la confusion. Et comment … euh … comment vous appelez-vous ?

— Ah, ça, je ne le vous dis pas ! s'écria Lah.

— Non ?

— Non.

— Ah bon.

Boh ferma les yeux et médita pendant encore trois bonnes minutes, en faisant toutes sortes de grimaces. Puis il releva la tête en souriant, parce qu'il pensait avoir compris. Il était très pâle, comme si tous ces raisonnements lui avait donné la migraine.

— Donc, je ne peux rien faire ? conclut-il.

— C'est ça, opina Lah. Vous vous êtes présenté à nous, donc nous pouvons vous attaquer, mais nous, nous ne nous sommes pas présentés à *vous*, ce qui fait que vous êtes obligé de ne pas bouger et de subir notre attaque. Vous comprenez ?

— Oh oui, répondit le garde, quand vous l'expliquez

comme ça, ça devient très clair.

Lah lui tapota gentiment la main.

— Mais non, c'est vous qui êtes très brillant, vous savez.

— Merci beaucoup, dit le garde.

— Tenez, fit Lah, pour vous montrer qu'on ne vous en veut pas, au fond, je vais essayer de ne pas vous faire trop mal, je vais juste vous assommer, d'accord ?

— Oh, merci encore, c'est très aimable à vous.

Lah lui donna un bon coup derrière la tête avec son bâton et Boh tomba prestement dans les pommes.

— Plus bête que méchant, hein ? commenta Xavier. Bravo, Lah, tu as été géniale ! J'étais presque certain que nous allions nous retrouver dans les prisons Bing-bings, mais grâce à ton stratagème ...

— Gardons les félicitations pour plus tard, interrompit Lah. Il ne nous reste qu'une vingtaine de minutes pour compléter notre mission. Allons-y !

Ils se mirent donc sans délai à l'ouvrage. La Bargalaxienne commença à ramasser des guimauves aussi vite qu'elle en était capable et à les amonceler près du canon, pendant que Xavier grimpait le long de l'échelle qui menait à la cabine de pilotage. En trois ou quatre enjambées, il était parvenu jusqu'au tableau de commande.

« Voyons voir, se dit-il en étudiant attentivement les dizaines de leviers et de boutons. Phares avant … ce n'est pas ça … angle de tir … non … mise à feu – oh non ! je ne toucherai pas à ce bouton ! Ah ! Je crois que j'ai trouvé ! »

Sans hésiter, il abaissa une petite manette rouge sous laquelle était écrit : « Éjection des munitions ».

Tchac ! On entendit une vanne s'ouvrir, puis un bruit étrange, comme des milliers de feuilles de papier qui tourbillonnaient les unes sur les autres – flac flac flac flac flac ! Un large tuyau à l'arrière du canon se mit à vibrer … et tout à coup, une myriade de pages blanches jaillit du cylindre de cuivre avec une puissance inouïe ! C'était une véritable tornade. Les feuilles si dangereuses étaient violemment projetées au fond de la caverne et se perdaient en virevoltant dans l'obscurité.

« Chic ! pensa Xavier. Nous n'aurons même pas à les cacher nous-mêmes ! »

Environ deux minutes plus tard, la dernière page blanche avait disparu en planant doucement dans les profondeurs de la grotte. Xavier s'empressa de descendre du poste de contrôle pour aller aider Lah à remplir le réservoir à munitions des guimauves qu'elle avait ramassées. Ils travaillaient à toute vitesse, car il était maintenant dix-neuf heures quarante-cinq ! Les soldats

Bing-bings allaient arriver d'un instant à l'autre !

— Mais j'y pense ! s'exclama soudain Xavier. Il faut cacher Boh, sinon les soldats vont le réveiller et il va tout leur raconter ! Et notre beau plan sera fichu !

— Tu as raison, acquiesça Lah. Aide-moi, il est très lourd.

Elle empoigna les bras du gros garde assommé - Xavier le prit par le pied - et en grognant sous l'effort, ils allèrent le cacher derrière un gros rocher au fond de la grotte.

— Voilà ! déclara Xavier en se frottant les mains.

Satisfaits d'avoir accompli leur mission, ils s'élancèrent vers la Plaine des Boings pour retrouver leurs camarades.

Doh et Aristote les attendaient déjà, installés au sommet d'une des falaises grisâtres qui entouraient la Plaine où allait se dérouler la bataille. Ils se tenaient dans une sorte de belvédère naturel qui leur permettait de voir très loin à l'est et à l'ouest, les deux directions d'où allaient arriver les armées Bong-bongs et Bing-bings.

— Alors, Aristote, tu as bien réussi à saboter les mitrailleuses à maïs ? demanda Xavier à son lézard.

— Oh oui ! répondit le reptile. Elles vont leur causer toute une surprise quand ils appuieront sur ces gâchettes, vous allez voir !

— Parfait ! s'écria Xavier en souriant. De notre côté, nous avons quelque peu trafiqué le canon de mon grand-papa Samuel. Croyez-moi, il ne fera aucune victime aujourd'hui !

— Moi, j'ai été traité en héros par mes compatriotes, déclara Doh. Ils m'ont bien remercié de les avertir de l'attaque imminente !

— Et ils arriveront à temps ? questionna Lah.

— Sans aucun doute, confirma le Bong-bong. D'ailleurs, je crois que je les vois déjà !

— Mais oui ! ajouta le Terrien en plissant les yeux pour mieux voir. Et de l'autre côté ... l'armée Bing-bing !

— Eh bien, il ne nous reste plus qu'à attendre ! conclut Aristote.

— Quelle heure est-il ?

— Dix-neuf heures cinquante-quatre.

— Hum ... plus que six minutes, les copains, dit Xavier. J'espère que tout va fonctionner.

— Tout ira parfaitement, j'en suis sûr ! répliqua Aristote avec un enthousiasme plutôt forcé. Nous avons bien préparé notre coup, non ? Alors, ayez un peu confiance !

Les quatre conspirateurs attendaient nerveusement, bien cachés par le rebord rocheux de la falaise qu'ils avaient choisie comme poste d'observation. Au loin, à l'est et à l'ouest, les deux armées ennemies avançaient inexorablement vers la Plaine des Boings. La Plaine n'était pas vraiment une plaine ; il s'agissait plutôt d'un large plateau relativement élevé, auquel on accédait en grimpant une pente douce. Par conséquent, les troupes Bong-bongs et Bing-bings ne pouvaient pas se voir.

C'était une belle soirée d'été, chaude et confortable. Le soleil était encore haut dans le ciel et n'avait pas l'air de vouloir se coucher. Peut-être voulait-il voir l'issue de la rencontre historique que Xavier et ses trois camarades avaient mise en place. Ils n'avaient plus longtemps à attendre : les montagnes commençaient à résonner des innombrables bongs et bings causés par tant de Bargalaxiens sautant tous ensemble.

— Les Bing-bings risquent d'être fameusement surpris lorsqu'ils vont réaliser que les Bong-bongs s'amènent déjà à leur rencontre, murmura Lah. Alors qu'ils croyaient pouvoir les attaquer à l'improviste !

— La seule chose que je souhaite, fit Doh en se tournant vers son amie, c'est qu'ils n'avaient pas d'autres armes secrètes cachées quelque part …

À l'est : Bong ! Bong ! Bong ! Bong ! Bong !

À l'ouest : Bing ! Bing ! Bing ! Bing ! Bing !

Au centre : Bong ! Bing ! Bong ! Bing ! Boing ! Boing ! BOING ! ! !

— Attention ! avertit Xavier à voix basse. Les Bong-bongs sont un petit peu en avance ! Les voilà !

Xavier ne s'était pas trompé. Les Bong-bongs, vêtus d'armures de cuivres et armés seulement de gourdins et d'épées, venaient d'arriver sur la Plaine. Ils (et elles, car il y avait aussi des soldates) étaient plusieurs centaines, l'air brave et farouche et prêts à se battre jusqu'au dernier pour empêcher leurs ennemis de passer. En premier lieu venaient les fantassins, qui sautaient au pas, tous en rangs, les uns derrière les autres. Puis, suivait la cavalerie – des soldats d'élites montés sur de fringantes sauterelles du désert (ils tenaient en

place grâce à une selle spéciale). Et enfin, derrière tout le monde, le Roi Fih dans son char d'apparat tiré par vingt de ses gardes privés.

Les officiers se mirent à donner des ordres de tous les côtés et en moins de trente secondes, l'armée entière s'était déployée en position de défense, les gourdins brandis et les épées sorties de leurs fourreaux. Le Roi Fih examinait les préparatifs d'un œil approbateur. Puis il leva le bras et tous ses sujets se retournèrent et firent silence pour entendre ce qu'il avait à dire.

— Soldats ! proclama-t-il. Aujourd'hui, nos horribles ennemis, les Bing-bings, vont tenter d'attaquer nos villages. Heureusement, nous avons été avertis à temps de ce qui se tramait ! Nous devons cette information salutaire à un espion Bong-bong talentueux et débrouillard, le jeune Dah !

— Doh, Votre Majesté ! chuchota un général.

— Le jeune Doh ! reprit le Roi. On l'applaudit bien fort ; on lui décernera une médaille plus tard.

Instantanément, les soldats se mirent à applaudir bruyamment et à sauter sur place comme des fous, tout en hurlant : « Bravo ! », « Hourra ! » et « Vive Doh ! ».

— Votre Majesté, chuchota encore le général, l'air inquiet, je ne veux pas vous vexer, mais ne croyez-vous pas qu'une opération-surprise fonctionnerait mieux si nous étions un peu plus ... euh ... discrets ?

Le Roi considéra cette tactique un instant pendant

que les clameurs continuaient, puis il mit sa main sur l'épaule du général.

— Vous avez peut-être raison, acquiesça-t-il. Soldats ... TAISEZ-VOUS !

Tous les soldats se turent sur-le-champ.

— Voilà qui est mieux ... nous continuerons la célébration après la bataille. Enfin, les survivants continueront la célébration. Car je dois vous le dire : cette bataille sera terrible ! Vous ne vous en tirerez pas tous indemnes ! Et tout cela à cause de ces affreux Bing-bings que nous détestons tant ! Ces épouvantables monstres qui ne font même pas bong comme les gens normaux ! Mais j'ai confiance en vous, mes braves ! Je sais que vous ferez de votre mieux, et même plus, pour m'aider à nous débarrasser des Bing-bings pour toujours ! Soldats, nous vivons un moment solennel ! Je suis fier de vous ! Je suis ...

Soudain, le Roi Fih fut interrompu par une voix bourrue qui s'exclama :

— Mais ... mais qu'est-ce que vous faites là ?

Comme un seul homme, l'armée Bong-bong poussa un cri de surprise, se retourna vivement ... et se retrouva face à face avec l'armée Bing-bing qui venait d'arriver pendant le discours du Roi Fih. Tous les soldats Bing-bings tenaient une mitrailleuse à maïs et au

milieu des rangs se dressait, menaçant, le canon à pages blanches. Les Bing-bings étaient évidemment très étonnés de rencontrer les Bong-bongs à cet endroit et le plus éberlué de tous était l'Empereur Soh – c'était lui qui venait d'interrompre le Roi. L'Empereur, assis avec Samuel dans le Char Impérial, était rouge de colère à l'idée d'avoir raté sa belle attaque-surprise. Il trépignait de frustration et il semblait prêt à sauter à la gorge du Roi des Bong-bongs.

— Ne vous énervez pas tant, lui dit Samuel, sûr de lui. Nous allons gagner la bataille de toute façon, grâce à mon canon.

— Vous avez raison, Samuel le Sage, fit l'Empereur en essayant de se calmer. Mais tout de même, c'est agaçant!

Puis s'adressant au Roi, il répéta :

— Alors ? Allez-vous me dire ce que vous faites ici ? Nous nous préparons à cette attaque depuis des semaines et vous arrivez ici comme un cheveu sur la soupe et vous foutez la pagaille dans notre horaire ! Vous n'avez pas honte ? Ça ne se fait pas, des choses pareilles !

— Vous dites des sottises, Empereur Soh, maudit soit votre nom ! répondit fièrement Fih. Vous ne pensez pas que j'allais vous laisser nous attaquer sans rien faire ? Mettez-vous un peu à ma place – je suis certain que vous auriez fait la même chose !

Cette affirmation parut ébranler l'Empereur Bing-bing.

— Hum ... euh ... je ne sais pas, dit— il en hochant lentement la tête. Je suppose que oui, peut-être ... c'est une situation délicate ... hum ... qu'en pensez-vous, Samuel ?

— Votre Impériosité, s'écria Samuel impatiemment, je vous ferai respectueusement remarquer qu'on s'en balance complètement, de ce que vous auriez fait à sa place. Nous sommes ici pour anéantir les Bong-bongs, nous avons une bonne partie de la population Bong-bong devant nous, absolument sans défense, alors anéantissons, que diable !

— Vous avez raison, comme toujours, Samuel, dit l'Empereur Soh. Eh bien, euh ... euh ...

— Canon, feu à volonté, susurra Samuel à l'oreille du souverain.

— Ah ! C'est bien ça ! s'exclama celui-ci avec un grand sourire. Catapulte, feu à volonté !

— NON ! Ne tirez pas, ô mon Empereur ! Le canon a été saboté !

C'était Boh, le garde Bing-bing, qui venait de se réveiller et qui accourait de toute la vitesse de sa tête !

Mais il arrivait trop tard. L'opérateur du canon à pages blanches avait déjà appuyé sur le bouton « mise à feu ».

Et VLAN ! ! ! l'horrible machine de guerre envoya dans les airs une nuée de petits projectiles blancs. Il y en avait tant qu'ils obscurcirent un instant la lumière du soleil avant de retomber avec légèreté sur l'armée Bong-bong complètement ébahie. Évidemment, personne ne fut blessé !

— Mais ce ne sont pas des pages blanches ! cria l'Empereur Soh, furieux. Que se passe-t-il, Samuel ?

Le vieil homme se frotta les yeux et regarda à nouveau, tout à fait abasourdi.

— Je … j-je … je ne sais pas, bafouilla-t-il. Je ne comprends pas … on dirait … des guimauves !

Eh oui, c'était bien des guimauves, beaucoup de guimauves, tellement de guimauves que les soldats Bong-bongs, qui auraient bien voulu se défendre et riposter, s'étaient retrouvés prisonniers des friandises, incapables de bouger !

L'Empereur Soh était en proie à la rage la plus terrible. Il sautait sur place en agitant les poings et en grognant comme un fauve affamé.

— FEU ! rugit-il. SERVEZ-VOUS DE VOS MITRAILLEUSES À MAÏS, BANDE D'IMBÉCILES ! DÉTRUISEZ-LES ! EXTERMINEZ-LES !

D'un geste automatique, les soldats Bing-bings obéirent à leur Empereur. Ils visèrent soigneusement avec leurs armes … ils pressèrent les gâchettes …

Et BRRRROUM ! ! ! Toutes les mitrailleuses leur explosèrent en même temps à la figure ! Ils partirent tous à tousser et à éternuer, parce qu'ils venaient de recevoir un déluge de grains de maïs dans les trous de nez, et le maïs se mit à éclater de partout, dans un chaos délirant !

POP-POP-POP-pop-POP-POP-pop-POP-pop-pop-POP-POP-POP ! ! !

En quelques secondes, l'armée Bing-bing se retrouva

aussi impuissante que l'armée Bong-bong. Plusieurs centaines de soldats complètement immobilisés par des tonnes de guimauve et de maïs soufflé ! De mémoire de Bargalaxien, on n'avait jamais vu pareil spectacle.

Il y eut un bon cinq minutes de silence dans les deux camps, pendant qu'on essayait de comprendre ce qui venait de se passer. Puis Xavier, Aristote, Lah et Doh se levèrent et s'approchèrent du bord de la falaise, de façon à être vus de tous.

— Vous êtes nos prisonniers, dit Xavier avec un petit sourire en coin.

— QUOI ? hurlèrent en même temps le Roi Fih et l'Empereur Soh.

Le Roi Bong-bong secoua la tête – c'était d'ailleurs tout ce qu'il pouvait secouer, car les guimauve le serraient de partout – et s'exclama :

— Nous, vos prisonniers ? Ne dites pas de sottises, vous êtes absolument ridicule !

Aristote grimpa rapidement sur l'épaule de Xavier et répliqua :

— Ah oui ? Je me demande bien qui a l'air le plus ridicule, ici …

— Mais ça saute aux yeux, commença le Roi vexé, c'est … c'est … hum …

Jetant un bref coup d'œil autour de lui, le souverain vit son armée ensevelie sous les guimauves et incapable de remuer ... et il ne répondit pas à la question d'Aristote.

— Xavier ! cria Samuel, au comble de la colère. Petit chenapan ! Est-ce toi qui as causé ce fiasco ?

— Oui, grand-papa ! répondit Xavier. Et j'en suis fier ! Mais je ne l'ai pas fait tout seul ... j'ai été aidé par mes amis Aristote, Doh et Lah !

Il fit signe à ses copains de s'approcher. En entendant le bruit que faisaient les deux Bargalaxiens en sautant, un murmure de stupéfaction parcourut la foule. Des éclats de voix fusèrent des deux camps : « Un Bong-bong et une Bing-bing ensemble ! », « C'est épouvantable ! », « C'est extraordinaire ! », « C'est bizarre ! », « C'est rare ! » ...

— Oui ! continua Xavier. Doh est un Bong-bong et Lah, une Bing-bing – et pourtant, ils sont devenus des amis ! Ils ont même travaillé ensemble pour tenter d'arrêter cette guerre idiote qui vous empêche de vivre tranquillement !

— Xavier a raison ! proclama Lah. Nous sommes la preuve vivante qu'il est possible pour tous les Bargalaxiens de vivre ensemble, sans toujours se taper dessus.

— Peuh ! fit l'Empereur Soh avec une grimace. Tu n'es qu'une traîtresse, Lah, et si mes soldats pouvaient bouger, je leur ordonnerais de te capturer !

Avec difficulté, il se retourna à demi vers Samuel.

— Mais enfin, tonna-t-il, faites quelque chose, Samuel ! Vous m'aviez pourtant bien affirmé que cette opération se ferait sans aucun problème, et regardez où cela nous a menés ! Qu'avez-vous à dire ?

Pauvre Samuel, tout son univers s'écroulait. Les événements des cinq dernières minutes avaient complètement déboussolé le vieux savant. Les plans qu'il avait si patiemment mis au point n'avaient pas marché du tout, et les armes qu'il avait inventées étaient maintenant complètement inutilisables ! Tout cela par la faute de son petit-fils !

— Ah, euh, hum, c'est-à-dire, tenta-t-il d'expliquer, je ne sais pas ce qui s'est passé ... euh ... il y a toujours des ... des imprévus ... et ...

— Assez ! l'interrompit l'Empereur. Je n'aurais jamais dû vous écouter. Allez, rendez-vous utile et sortez-moi de ce pétrin !

Mais Samuel était aussi prisonnier du maïs soufflé que son souverain et il ne pouvait rien faire. Il essaya de hausser les épaules, mais ne réussit qu'à se donner un torticolis.

— Nous sommes complètement à votre merci. Qu'allez-vous faire de nous? demanda le Roi Fih à Xavier.

Le jeune Terrien se passa rapidement une main dans les cheveux, puis il répondit :

— Eh bien, j'en ai discuté avec les copains et on en est arrivés à ceci : vous allez tous rester dans la Plaine, ensevelis sous les guimauves et le maïs soufflé, jusqu'à ce que vous acceptiez de signer un traité de paix ...

Doh lui tendit un rouleau de papier. Xavier le déroula et le montra à tout le monde.

— Traité de paix, continua-t-il, que nous avons déjà rédigé, pendant que vous vous querelliez. En gros, il y est écrit que vous êtes tous des Bargalaxiens, même si vous ne faites pas tous le même bruit en sautant, et franchement, vous ne trouvez pas que c'est une raison plutôt idiote de faire la guerre?

La foule de soldats, qui avait écouté attentivement les propos de nos héros, se remit à murmurer et à discuter à mi-voix. Plusieurs de ces Bargalaxiens trouvaient que le garçon avait peut-être raison, après tout. La guerre, ce n'est pas toujours drôle, et s'ils pouvaient cesser les hostilités, ils ne courraient plus le risque de se faire sauter dessus à chaque fois qu'ils sortaient de chez eux.

— Jamais ! cria Fih. Jamais nous ne ferons la paix avec les Bing-bings ! Ce sont d'horribles gens qu'il faut éliminer ! Ils font des tas de choses étranges - ils ne font pas le bon bruit et on dit même qu'ils n'aiment pas le gâteau au chocolat. N'est-ce pas épouvantable ?

L'armée Bong-bong ne put s'empêcher d'avoir un mouvement d'indignation. Des gens qui n'aiment pas le gâteau au chocolat - quelle horreur ! Mais l'Empereur Soh, en entendant cela, ouvrit grands les yeux et s'écria, agacé :

— Mais qu'est-ce qu'il raconte, cet imbécile ? Nous adorons le gâteau au chocolat, nous les Bing-bings !

— Pardon ? répliqua Fih, très surpris. Que dites-vous ?

— Je dis que les Bing-bings adorent le gâteau au chocolat, répéta Soh. Qu'est-ce que vous croyez ? Nous sommes normaux, nous ! C'est d'ailleurs pour ça que nous refusons ca-té-go-ri-que-ment de faire la paix avec des Bong-bongs ! Ah, les Bong-bongs : ils ne font pas le bon bruit et on dit même qu'il mettent du vinaigre dans leur thé ! Ouh !

Les soldats Bing-bings firent la grimace : du thé au vinaigre, quel sacrilège !

— Mais vous dites n'importe quoi ! protesta Fih. Nous ne mettons jamais de vinaigre dans notre thé, ce serait absolument barbare !

— Par-pardon ? dit Soh, étonné. Vous mettez quoi, dans votre thé, alors ?

— Mais du sucre, ou du citron, comme tout le monde ! Pour qui nous prenez-vous ?

— Eh bien, euh, franchement, je ne sais plus trop, dit Soh d'une voix confuse.

Xavier profita du silence qui suivit pour s'exclamer joyeusement :

— Voilà ! Vous voyez bien que vous avez des tas de choses en commun !

— Mais oui, ajouta Doh, c'est parce qu'on ne se connaît pas assez qu'on ne s'aime pas. Je suis sûr qu'avec un peu de patience et de temps, les Bong-bongs et les Bing-bings pourront apprendre à vivre en paix !

L'Empereur et le Roi se regardèrent un long moment, chacun dans son coin de la Plaine des Boings. Fih cligna des yeux. Soh pinça le nez.

— Hum ... c'est qu'ils ont raison, ces petits-là, finit par avouer Fih. Si vous aimez le gâteau au chocolat ...

— Et si vous, dit Soh, vous ne mettez pas de vinaigre dans votre thé ...

— Vous n'êtes sûrement pas aussi affreux que nous le pensions ! conclurent-ils ensemble.

Ils éclatèrent de rire et toute la foule se mit à rire avec eux. Il y eut quelques minutes de saine hilarité, histoire de soulager la tension ambiante, puis l'Empereur demanda le silence et déclara, en s'adressant à la bande grimpée sur la falaise :

— D'accord ! Je vois bien que nous nous étions trompés, à cause de ces stupides rumeurs qui viennent on ne sait d'où ! Alors je suis prêt à signer ce traité de paix, si le Roi Fih est aussi d'accord. Qu'en penses-tu, Fih ?

— Mais bien sûr, Soh ! répliqua sans attendre le Roi des Bong-bongs. Dès que je me serai sorti de ces guimauves, je signerai ce traité avec joie !

À ces mots, tous les soldats, les Bong-bongs comme les Bing-bings, se mirent à crier : « Bravo ! » et « Hourra ! » et « Vive Bargalax ! ». Ils étaient tous très très très contents et puisqu'ils étaient immobilisés, ils le manifestaient comme ils le pouvaient, c'est-à-dire en faisant le plus de bruit possible.

— Eh bien, Samuel, voilà une fameuse catastrophe évitée de justesse ! dit Soh à l'astronome. Quand je pense que par votre faute, nous avons failli exterminer tous ces gens charmants !

— Quoi ? rétorqua Samuel, indigné. Mais c'est vous qui m'aviez dit que les Bong-bongs étaient fourbes et cruels ...

— Il ne faut pas croire tout ce que les gens disent, Samuel.

— Mais ...

— Suffit, Samuel ! trancha l'Empereur.

— Oui, votre Impériosité, murmura le vieil homme en baissant la tête.

Il avait l'air bien honteux, Samuel le Sage ! Il comprenait peu à peu son tort de s'être lancé sans réfléchir dans la fabrication d'armes ... Son petit-fils avait eu raison et il se promettait bien de lui faire des excuses.

— Alors, maintenant que tout ceci est réglé, appela le Roi, est-ce que vous pourriez nous sortir de cette mer de bouffe ? Je commence à me sentir un peu engourdi, moi !

— Et moi ! Et moi aussi ! Et moi aussi ! s'écrièrent les soldats.

— Nous allons chercher des pelles et des pioches et nous revenons ! fit Doh. Nous devrions pouvoir vous libérer en un rien de temps.

— Ne bougez pas en attendant ! lança malicieusement Aristote.

Et les quatre compagnons foncèrent vers le village le plus proche.

Un peu plus tard, les quatre héros de la Bataille des Ensevelis, comme les historiens appelleraient ce conflit, se tenaient fièrement au balcon central de la Forteresse Bing-bing, pour recevoir les acclamations délirantes d'une foule immense venue de partout pour les remercier. Xavier, Aristote, Doh et Lah saluaient la population avec de grands gestes triomphants, mais ils ne se sentaient pas aussi joyeux qu'on pourrait l'imaginer. Oh, ils étaient très heureux d'avoir ramené la paix sur Bargalax, mais ils étaient aussi un peu tristes, car le petit Terrien et son lézard devaient hélas ! se préparer à repartir vers leur propre planète. Xavier allait beaucoup s'ennuyer de ses deux amis extra-terrestres, mais il lui fallait leur dire adieu. Il avait de l'école, le lendemain !

L'Empereur Soh et le Roi Fih les rejoignirent sur le balcon et ils furent eux aussi chaudement applaudis par le peuple. Les deux chefs étaient rapidement devenus très bons amis.

— Ah, mes enfants, vous avez rendu un grand service à Bargalax, dit Soh. Regardez comme nos compatriotes sont heureux ... si seulement nous avions pensé à arrêter cette guerre inutile plus tôt ...

— Xavier et Aristote, Samuel nous envoie vous dire qu'il est prêt à vous ramener chez vous, ajouta Fih. Il vous attend dans son laboratoire. Bon voyage et merci encore.

Xavier hocha la tête et caressa Aristote. Il regarda Doh et Lah, sans un mot. Puis il les serra tous deux contre lui, les yeux humides.

— Bon, eh bien, je crois que je dois y aller, soupira-t-il.

— Tu reviendras nous voir? demanda Doh.

— Je ne sais pas. Ça dépendra de grand-papa Samuel.

— Je suis sûre que nous nous reverrons! affirma Lah d'une voix tremblotante.

— Soyez sages pendant notre absence, blagua Aristote, la gorge sèche. Au revoir!

Le petit garçon et le reptile se rendirent ensuite au laboratoire. Samuel les attendaient, debout à côté de l'ultra-télescope.

— Ah! Xavier! Tu as dit au revoir à tes amis? Parfait.

Il se gratta la tête, l'air quelque peu mal à l'aise.

— Avant que nous partions, je voudrais te dire ... que je suis vraiment désolé pour toutes les sottises que j'ai faites et dites sur cette planète. J'ai été idiot. Dorénavant, je ferai plus attention.

— Eh bien, il était temps que vous vous en aperceviez! s'écria Aristote.

— Aristote! souffla Xavier d'un ton fâché.

— Oh, il parle toujours, cet infernal reptile? grogna Samuel, irrité. Enfin, je suppose que nous n'y pouvons rien. Par contre, il faudra qu'il apprenne à se taire : si tes parents l'entendent, nous aurons beaucoup d'étranges explications à donner!

À contrecœur, Aristote promit de ne parler que lorsqu'il serait seul avec Xavier ou Samuel.

— J'aurais pu faire tant de mal à tous ces gens, continua le vieux savant. J'aurais dû t'écouter. Tu me pardonnes?

Xavier prit la main de son grand-père dans les

siennes.

— Oui, fit-il. Tu pensais faire pour le mieux.

— Ce n'est pas une très bonne excuse, soupira Samuel. Oh, je voulais aussi te dire qu'à partir de maintenant, je te donne la permission d'entrer dans la tour, à la maison, quand tu veux. Tu pourras même m'accompagner dans de prochains voyages, si ça te chante. Nous reviendrons sur Bargalax de temps en temps, pour voir où ils en sont.

— Oh, merci, grand-papa ! s'exclama le petit garçon en embrassant le vieil homme.

— Bon, c'est un peu fini, les sentimentalités ? bougonna Aristote. On y va, oui ou non ?

Et les trois voyageurs grimpèrent dans l'ultratélescope pour le voyage de retour.

====

— Xavier ! Samuel ! s'écria madame Cerisier en les voyant sortir de la tour-observatoire. Je vous cherchais partout ! Je suis allée voir dans la tour, tout à l'heure – la porte n'était pas verrouillée – et je ne vous ai pas vus ! Où étiez-vous passés ?

L'astronome fit un clin d'œil à Xavier et Aristote.

— Oh, nulle part ... on voyageait, c'est tout.

L'auteur

Vincent Lauzon est un jeune auteur. Avec son premier livre, « Le pays à l'envers », il a été en nomination pour le prix du Gouverneur général du Canada. Dans son deuxième livre, « Le Pays du papier peint », il explore plus à fond encore l'imaginaire. Vincent s'intéresse à la science, au dessin et à la musique, mais pour le moment, l'écriture le passionne par-dessus tout.

L'illustrateur

Philippe Germain a illustré une trentaine de livres et de manuels scolaires pour les jeunes. Il a commencé à dessiner alors qu'il était encore sur les bancs de l'école. Ses amis disent de lui : « Il est drôle dans tout ce qu'il fait. Pas étonnant que ses dessins soient pleins d'humour ! ».

Chère lectrice,
Cher lecteur,

Bienvenue dans le club des enthousiastes de la collection **Pour lire avec toi.** Si tu as aimé l'histoire que tu viens de lire, tu auras certainement envie d'en découvrir d'autres. Jette un coup d'oeil aux pages suivantes et laisse-toi tenter par d'autres romans de cette collection.

Je te rappelle que le nombre de petits coeurs augmente avec la difficulté du texte.

♥	facile
♥ ♥	moyen
♥ ♥ ♥	plus difficile

Grâce aux petits coeurs, quel que soit ton âge, tu pourras choisir tes livres selon tes goûts et tes aptitudes à la lecture.

Les auteurs et les illustrateurs de la collection **Pour lire avec toi** seraient heureux de connaître tes opinions concernant leurs histoires et leurs dessins. Écris-nous à l'adresse au bas de la page.

Bonne lecture!

La directrice de la collection

Henriette Major

Henriette Major

Éditions Héritage Inc.
300, avenue Arran
Saint-Lambert (Québec)
J4R 1K5

Le pion magique

Tout au long de cette histoire dont le lecteur ou la lectrice est la vedette, chaque démarche amène des surprises. C'est à la fois un roman et un jeu où l'on est sans cesse tenu en haleine.

Une gomme bien ordinaire

Que peut-il arriver à une gomme à effacer bien ordinaire? Celle qui est l'héroïne de cette histoire vit des aventures toutes plus amusantes les unes que les autres. À la fin, on constatera qu'après tout, elle n'est pas si ordinaire qu'elle le croit.

Sophie et les extra-terrestres

Après «Sophie, l'apprentie sorcière», «La sorcière et la princesse» et «Sophie et le monstre aux grands pieds», Sophie nous revient avec son humour et sa détermination. À l'occasion d'un séjour en colonie de vacances, elle vit une nouvelle aventure qui l'amènera à approfondir sa relation avec son père.

Bong! Bong! Bing! Bing!

Qu'est-ce qu'un ultra-télescope? Qui sont les Bong-bongs et les Bing-bings?

Lorsque Xavier réussit enfin à entrer dans l'observatoire de son grand-père astronome, il découvre les réponses à ces questions et fait un extraordinaire voyage.

Mougalouk de nulle part

Une étrange enfant monte un jour à bord d'un autobus scolaire. Introduite à l'école par une fillette qui l'a trouvée sympathique, Mougalouk vivra une journée mémorable non seulement pour elle, mais pour les enfants qu'elle côtoie. Une histoire pleine d'humour et de tendresse.

Annabelle, où es-tu?

Annabelle, l'enfant d'un autre siècle, a été enfermée dans le temps par Zar le magicien. Vas-tu voler à son secours? Dans cette histoire aux multiples rebondissements, c'est toi le personnage principal et les routes qui s'offrent à ton choix te réservent bien des surprises.

Le pays à l'envers

En allant à l'école, Alexandre rencontre une souris blanche, met les pieds où il ne devrait pas et se retrouve dans un étrange endroit: *Le pays à l'envers.* Il y vivra une série d'aventures surprenantes qui amuseront et étonneront les jeunes lecteurs.

Le pays du papier peint

Après nous avoir fait explorer *Le pays à l'envers*, l'auteur nous entraîne dans un autre univers fantastique, celui d'un papier peint où l'on retrouve des personnages fabuleux.

ACHEVÉ D'IMPRIMER
EN JUILLET 1990
SUR LES PRESSES DE
PAYETTE & SIMMS INC.
À SAINT-LAMBERT, P.Q.